두 번째 달

두 번째 달

—

초판 1쇄 2014년 9월 15일
지은이 김춘규
펴낸이 김영재
펴낸곳 책만드는집

—

주소 서울 마포구 양화로3길 99 4층 (121-887)
전화 3142-1585·6
팩스 336-8908
전자우편 chaekjip@naver.com
출판등록 1994년 1월 13일 제10-927호
ⓒ 김춘규, 2014

—

—

ISBN 978-89-7944-492-6 (03810)

이 도서의 국립중앙도서관 출판사도서목록(CIP)은 e-CIP
홈페이지(http://www.nl.go.kr/cip.php)에서 이용하실 수 있습니다.
(CIP제어번호 : CIP2014024213)

김춘규 소설

두 번째 달

책만드는집

1

나는 문득 새벽에 깨어나 내 나이를 떠올려 보았다.

사십 대 후반이라니. 뒤숭숭해지고 말았다.

그러니까 나는 결혼 한 달 만에 아내에게 말했다. 나 직장 때려치우고 작가가 되고 싶어. 언제부터 그 어이없는 생각을 했어? 중학교 때부터. 어이없지만 한번 해봐.

다음 날 사표를 냈다. 직원들이 너 미친것 맞지? 라는 표정을 지었다. 지금 생각해보면 작가로서 어떤 경지에 도달할 수 있으리라는 기대와 자신감이 있지 않았나 싶다.

문창과에 입학해 글 쓰는 일만 생각했다. 밤새워 글을 쓰고, 꿈속에서도 글을 썼다. 글을 쓰는 사람이라면 누구나 공감할 것이다. 진한 놀이 지는 수평선을 배경으로 그물을 던지는 어부의 삶, 뭔가 도전적인 눈빛으로 바다를 응시하는 시선의 깊이, 현실의 일상, 먹고살기 위해 버둥거리는 삶, 살아 감각하는 사유, 작가의 전략 등등······.

난 바다를 배경으로 소설을 창작했고, 지금도 그렇다. 바다에 대한 고찰이 주이므로 일반적으로 익숙한 도시의 삶이나 의미는 되도록 피하고 바다의 감각과 의미를 찾는 데 주목했다. 실제 작품 속에 드러난 양상들은 바다다.

2

현대를 살아가는 독자라면 감각적인 요소들에 민감할 수밖에 없다. 안 그래도 영화와 드라마는 소설에 비해 감각적이고 장르적이다. 또한 삶의 방식이 변하였으니 이제 독자들도 좀 더 감각적인 느낌이 강해졌다는 표현이 맞을 것이다. 요즘 독자들은 느낄 줄 알고, 표현할 줄 안다. 더구나 다양한 문화와 나름의 글쓰기를 즐기며 자신의 삶을 누릴 줄 아는 감각적인 사람들이다. 과거의 소설들이 대부분 순문학 중심으로 진행되었던 것에 반해 현대의 많은 소설들은 이런 감각적인 장르 문학으로 독자층을 형성하고 있다. 현대사회는 이미 다원화되어 있으며 그 사회를 구성하고 있는 다양한 독자층을 만족시키기 위해서는 어떤 특별하고 차별화된 글쓰기와 감각이 요구된다. 난 그런 것들을 생각하며 글을 썼다.

그러니까 문학소년이었던 중학교 일 학년 때부터 지금까지 계속 습작기에 있다. 앞으로도 그럴지 모른다. 그럼에도 불구하고 난 글쓰기를 멈추지 않는다. 더러는 내 소설이 버려지거나 삭제되겠지만 그래도 쓸 것이다. 역설적이게도 팍팍한 글쓰기와 바다 삶에 중독되어 있다. 내게 글 쓰는 일이 계속 허락된다면 바닷사람들의 삶을 깊이 있게 그려나갈 것이다. 그들은 출어에서 귀향까지, 메김과 받는소리가 무려 너댓 대목 이상인 뱃노래를 부르며 산다. 대체 어디에서 찾아볼 수 있단 말인가. 그건 뱃사람들 의식의 저변, 바다 삶에 부대껴온 고기 마리의 무게가 남다르다는 것을 의미한다.

난 밤하늘에 흩뿌려진 은하수와 오고 가던 바닷길을 되짚어가며 글을 쓴다. 더러는 바다가 말을 걸어오기도 한다. 이 글을 읽는 사람들은 내가 공상을 좋아한 나머지 바다가 말을 걸어온다고 착각하는 정신이상자라고 빈정거릴 수 있는데, 그건 그렇지 않다. 내가 태어나서 맨 처음 보았던 풍경은 시푸른 바다였고, 무슨 노랫소리를 들었다. 그것은 바다의 들숨 날숨이었다.

그런 태생적인 이유인지는 모르겠지만 지금도 파도의 출렁거림만 봐도 물고기 종류를 알아낸다. 사실 아주 쉬운 일이다. 녀석들은 계절 따라, 물때 따라 잡히는 고기가 정해져 있다.

난 바다와 이야기를 나누면서 한 가지 사실을 깨달았다. 세상엔 평범한 사람이 있고 비범한 사람이 있는데, 그중 비범한 사람은 창작자라는 사실이다. 비범하지 않고서야 어떻게 신의 영역에 가까이 다가갈 수 있겠는가. 나는 비범한 사람처럼 하얀 모니터 위에 까만 글씨를 채워 넣는 묘미로 산다.

혹 생계가 막막해지면 장사를 하든 고깃배를 타든, 그래도 글을 쓸 것이다. 사실 난 아주 낙천적이고 즉흥적이다. 그래서 가족이 힘들다. 지금도 항구도시에 살고 있지만 나는 태어나서 지금껏 바닷가에서 살고 있다. 바다, 그곳은 내가 가장 잘 아는 곳이다. 내 기억의 대부분이 바닷사람들과의 부대낌으로 채워져 있다.

난 그런 의무감으로 바다를 배경으로 글을 쓰고 있다. 그런 열정 덕인지는 모르겠지만, 2004년 해양문학상을 받았고, 다음 해엔 신춘문예에 당선됐고, 21세기문학 신인문학상을 받았다. 모두 바다를 배경으로 썼고, 나의 모든 작품은 바다 얘기다.

3

등단!

등단을 했지만 세 번 정도 원고 청탁이 오곤 뚝 끊겨버렸다. 등단은 어디까지나 약간의 소질을 인정받는 것뿐이지 전업 작가로 살아도 된다는 것은 아니었다. 등단하는 순간부터 문제는 시작되었다. 등단을 하는 순간, 나는 글의 세계에 무방비하게 던져졌다. 등단은 또 다른 방황의 길로 접어들어야 하는 모순적 상황이었다. 그 굴레에서 한동안 괴로워했다. 어쨌거나 여기저기 장편소설 공모에 응모했다. 문학이 여전히 날 불렀지만 대답 없는 너였다. 그러다 모 문예지 장편소설 공모 결선에 올랐다. 하지만 거기까지였다. 다시 단편소설로 중앙 문단을 노크했고, 21세기문학 신인문학상을 받았다.

난 가을 햇살에 일렁이는 파도를 보곤 어금니를 깨물었다. 밀려드는 파도처럼 당차게 글을 쓰고 싶었다. 정말, 그렇게 살고 싶었다. 하지만 현실이란 그렇지 못했다. 속절없이 밀려왔다 밀려가는 파도처럼 대답 없는 너였다. 원고 청탁은 그렇게 한바탕 치솟아 오르는 물안개처럼 바람에 떠밀려 갔다. 그래도 원고를 보내보았다. 대답 없는 너였다. 그렇게 몇 년이 지났다. 밀려가는 파도 이랑들을 주먹으로 쥐어지르면서 악을 쓰고 울어버리면 시원할 것 같았다. 짭짤한 바닷바람과 서늘한 한기가 살갗을 휘감았다. 파도가 옹골차게 항구로 밀려드는 날이면, 나는 서글픈 눈으로 바다에 눈길을 꽂곤 했다. 더러는 달빛 따라 빠져나가는 멸치 새끼처럼 처연한 한숨을 불어 올렸다. 내 가슴은 나의 한숨 소리로 시퍼렇게 멍이 들었다.

그렇다. 어쩌면 글을 쓰고 싶어서 창작한 것이 아니라 원고 청탁을 받는 작가가 되고 싶었는지도 모른다. 그래도 스스로를 위로해본다. 현대인의 낯설고 차가운 소통 방식을 바다에서 찾아보자고.

4

많은 선생님들이 날 불러주었다.

중앙대학교 문예창작학과 교수님들, 고인이 되신 이청준 선생님, 지금도 왕성한 활동을 하고 계시는 김원일 석좌교수님, 김길수 교수님, 송수권 교수님, 안광 교수님, 곽재구 교수님, 구광본 교수님. 참 많은 분들이 날 불러주었고 격려해주었다. 그 불러줌이 쌓이고 쌓여, 등단 십 년 만에 소설집을 낸다. 더 잘 쓸 자신이 없는 글도 있고, 앞으로 가다듬을 작품들도 있다. 그리고 바다에 대한 날카로운 감각의 더듬이를 세우고 창작을 하는 중이다. 더러는 누구나 쓸 수 있는 글을 쓰고, 누구나 풍길법한 바다 냄새를 흘리며 창작할 것이다. 익숙한 바다 삶 이야기를 쓰고 싶다. '해감내'나 '육지를 걷어차는 파도 소리'같이 예측 가능한 글을 쓰고 싶다. 다만 '나'만의 고유한 바다 세계를 구축하고 싶다.

어쨌거나 나의 의식 속에서 가장 먼저 선명하게 떠오른 여자가 있다. 그녀는 누구인가? 그렇다. 나의 입에 밥을 넣어주고, 내 아이들을 낳아주고, 언제나 나의 등짝을 쓸어주는 여자다. 지금도 나는 생생하게 느끼고 있다. 위로의 말들, 격려의 말들, 아낌없이 주는 그 깊은 배려들. 정말이지 진한 박하사탕 같은 여자다. 난 언제까지 그 박하 내음을 기억할 것이다.

이번 소설집은 모두 바다를 배경으로 창작되었다. 부자도, 똑똑한 사람도, 권력자도 없다. 평범한 사람들이 주인공이다. 소설을 끌고 나가는 화자는 다름 아닌 바닷사람들이다. 주인공들은 아득바득거리며 살지만 무모한 희망을 꿈꾸진 않는다. 그냥 하루하루를 인내하며 사는 사람들이다. 그들은 몸으로 느끼고, 조그마한 결과물에도 감사하는 위인들이다. 난 매 순간 그런 사람들과 부대끼며 살아가고 있다.

비록 흉터뿐일지라도 소설집이 나올 때까지 시간이 꽤 오래

걸렸다. 책을 묶어내고 보니, 나 자신이 넘어서지 못한 이러저러한 한계가 참으로 부끄럽다. 그래도 첫 작품집이 나올 수 있게 도움을 주신 김영재 대표님께 감사드린다. 특히 부족한 재능을 일깨워 주고 마침내는 문학을 포기하지 않도록 도와주신 선생님들께 이 자리를 빌려 감사의 인사를 올린다. 마지막으로 언제나 따스한 눈길을 보내주신 조영식 님, 고정자 님, 김선자 님께도 진심으로 송구한 마음과 고마움을 전하고 싶다.

2014년 8월

김춘규

하얼빈엔 물개가 산다

1

일렁이는 물결을 따라 일어선 물갈래가 희뿌옇게 갈라진다. 그 여파로 이랑들이 햇빛을 받아 금가루를 뿌려놓은 듯 반짝인다. 황견은 찬란하게 출렁이는 바다를 뒤로하고 커다란 짐승을 어깨에 메고 걸어온다. 몸집이 크면서도 살빛이 거무튀튀한 그는, 쭉 찢어진 입을 벌린 채 누런 이빨을 내보인다. 숙희는 그의 어깨 위에서 낑낑거리는 짐승을 힐끔거리곤 눈살을 찌푸린다.

"개를 뭐할라고 들쳐 메고 온다냐?"

숙희와 함께 그물코를 끼우던 봉자도 덩달아 소리친다.

"아이구마. 퍼뜩 내려놓이소."

황견은 되레 아랫입술을 들어 올린다. 어깨에 한 아름이나 되는 것을 메고 오는 그의 얼굴엔 만족감과 희열이 넘치고 있다.

"요것이 뭔지 안가? 개는 갠디 물개여!"

숙희가 물개를 내려다본다. 녀석의 몸을 뒤덮고 있는 갈색 털은 윤기로 반들거린다. 물개는 그녀가 다가서도 놀라거나 당황하지 않는다. 녀석의 눈빛에 감도는, 위엄이라고 불러도 좋을 그 어떤 기운에 그녀는 일순 압도당한다.

"물개 본 지 수년이 된 것 같은디. 그물에 걸렸다요?"

"그라지. 겁나게 운이 좋구만. 요것이 얼마 만이여."

물개는 그냥 검은색이 아니다. 등 쪽은 갈색을 띠고 있지만, 배 밑에는 연하게 회색 털이 돋아 있다. 녀석을 내려다보고 있던 황견이 입맛을 다신다. 수많은 여자들이 환호성을 지르며 달려드는 것처럼 황홀해하고 있다.

"요건 여편네들이 더 좋아허제. 요것을 묵으문 변강쇤가 뭔가……. 아무튼 자연산 비아그라여. 묵었다 허문 거시기 힘도 좋아진다고 알랑가 모르겄어."

커다란 덩치에 눈이 부리부리한 그는, 갸름한 숙희의 얼굴을 건너다보며 씩, 웃어 보인다. 삼십 대 후반으로 들어선 여자 치곤 매끈하고 앳된 얼굴이다. 봉자가 눈을 반짝이며 윤기 번들거리는 물개를 내려다본다.

"반장님! 진짜 자연산 비아그라 맞십니꺼?"

"그라지. 짱짱허게 뻗친 해구신을 봐봐."

"억수로 징그럽게 생겼네예."

"징그러워? 종만이는 새 발의 피여! 죽었다 깨어나도 물개를 못 당해. 경우에 따라서는 남녀 공용 비아그라가 될 수도 있은 께 잘 보여. 흐흐흐."

그는 봉자에게 이맛살을 찌푸리곤 숙희를 향해 누런 이빨을 내보인다. 그러곤 숙희의 어깨에 묻어 있는 생선 비늘을 털어주는 척하며 손을 살짝 어루만진다. 그녀가 눈알을 부라리며 손을 힘껏 뿌리친다.

"염병. 엉큼허긴."

"아따! 더 늦기 전에 살 비비고 살잔께. 혼자 살문서 서로 궁하기는 마찬가지 아닌감. 우리 잘해보드라고."

"그런 일은 절대 없응께 꿈 깨시오잉."

숙희가 커다란 눈을 부라리곤 혀를 내민다. 그녀의 눈빛은 언제나 우아하면서도 몽환적인 격정을 일으킨다. 그도 모르게 훅하고 명치끝이 달아오른다. 향긋한 화장품 냄새와 살냄새가 코끝으로 밀려든 탓이다. 순간, 그녀의 허리를 부여안아 버리고 싶은 충동이 인다. 그의 음흉한 낌새를 알아차린 물개가 날카로운 이빨을 드러낸 채 으르렁거린다. 물개는 젊은 수컷이라는 것을 금방 알 수 있다. 귀가 오목하고 해구신도 짱짱하다. 모르긴 몰라도 해구신을 먹으면 그도 물개가 될 것만 같다.

황견은 담배 연기를 깊숙이 들이마시고 숙희를 바라본다. 가슴속으로 짜릿한 울림이 느껴진다. 그 떨림이 배꼽 아래로 번져간다. 그는 그녀의 실팍한 엉덩이를 보곤 꿀꺽 침을 삼킨다. 그녀가 황당하다는 표정을 짓는다.

"어머. 뭔, 염병헌다고 나를 그란 눈으로 보요?"

황견이 움찔거린다. 그러나 그것도 잠시, 콧구멍 평수를 넓히고 능청스럽게 그녀의 실팍한 엉덩이를 아래위로 쓸어내린다.

"어이! 물개 잡아묵고 우리 한번 잘 해보제. 죽으문 썩어질 삭신 에끼서 뭣한당가. 좋은 게 좋은 거제. 안 그랑가?"

"염병허는 소릴 허고 자빠졌네."

"염병? 말 한번 잘헛네. 서로 몸을 부비고 만지문서 외로움을 이겨내야지. 이녁은 너무 잔인혀. 상상혀봐. 노을이 진허게 깔린 날, 바닷가에서 벌거벗고 격정적으로 속살을 비비는 것을 말이여. 바다에 태양 선혈이 뚝뚝 떨어지듯이 에로허게 사는 것도 하얼빈 시민의 의무여. 납세의 의무, 국방의 의무만 의무가 아니당께. 사실은 염병허문서 사는 의무가 질이여."

숙희가 가느다란 손바닥으로 그의 등짝을 소리 나게 때린다. 그는 뭐 틀린 말을 했느냐는 듯이 음흉한 눈길을 보낸다. 그것도 모자라 진득한 침이 묻어 있는 혓바닥으로 입술을 핥는다. 그녀는 못 말리는 위인이라는 표정을 짓는다. 물개가 낌새라도 알아챈 듯이 황견을 향해 날카로운 송곳니를 드러내고 낑낑거린다. 녀석은 냄새를 맡기도 하고, 주위를 빙글빙글 돌며 짱짱한 해구신을 바닥에 비벼대기도 한다. 황견이 음흉한 웃음을 흘린다.

"요놈이 그물에 걸렸을 때 힘이 어찌나 시든지. 온몸에 저릿저릿한 전기가 오드랑께. 요놈을 묵으문 다른 약발은 안 받는당께."

그는 굵은 밧줄을 물개 목에 감는다. 녀석이 콧구멍 평수를 넓히고 몸부림친다. 황견도 밧줄을 틀어쥐며 물개를 따라 힘을 쓴다. 그는 그 상황에서도 숙희 쪽으로 고개를 돌려 히죽 웃어준다. 봉자가 물개의 선홍빛 해구신을 보고 키득거린다.

"지는예, 물개 아니어도 저녁마다 징그럽다 아입니꺼."

"나 말이 그 말이여. 자고로 고 짓은 변죽만 울리는 것이 아니다 고 말이여. 긍께 징그럽지! 강약이 중요혀. 밀어붙일 때엔 세찬 파도처럼 허리가 부서져라 출렁거려야 허는 거지. 종만이는 변죽만 울릴 것이 뻔해."

호기심 어린 눈길로 물개를 내려다보던 봉자가 고개를 절레절레 흔들곤, 종만이 험담을 늘어놓는다. 다른 일에는 힘이 없어 빌빌거리면서도 그쪽으로만 힘이 쏠렸는지 저녁마다 보챈다고, 꼭 발정 난 수놈 물개 같다고 진저리를 친다. 그가 숙희를 힐끔 쳐다보고 아랫입술을 들어 올린다.

"남들은 보챈다고 날린디. 우리도 잘해보세. 이녁이 단내를 펑김시롱 내색을 안 헌단 말이여. 가만 본께 이녁도 발정기 같어. 얼굴색도 달아오르고 말이여. 안 그랑가?"

"저런, 방정맞은 입은 맨날 그것 야그여. 입으로 양기가 올라 갔고. 개 풀 뜯는 소리만 허고 자빠졌어."

숙희의 눈초리가 빠듯하게 치켜 올라가 있다. 속에서 잔뜩 울화가 치미는 모양이다. 그녀는 속에서 부글부글 괴어오르는 성질머리를 이기지 못하고 하지 말아야 할 말을 내뱉고 만다.

"짝불알 주제에 밝히기는 오살나게 밝혀."

울화 끝에 튕겨 나온 소리라, 말꼬리가 칼끝같이 솟아오른다. 황견은 짝불알 소리에 울컥 소리를 내지른다.

"뭐! 짝불알? 이런 씨부랄 여편네가 있나. 그래. 찰 것 하나 더 크게 찼다. 워쩔 거여. 언제 한번 봤어? 나가 짝불알인지 우찌게 알어. 언능 말 못 혀?"

"종만 씨가 그럽디다. 그래서 거시기 한다고."

"오늘 저녁이래도 조은께 내 방에서 보세. 짝불알 성능을 시험해봐."

"워매, 저런 변태 같은 인간 좀 보소. 말도 가려감시롱 혀야지. 나가 미쳤소. 황견 씨 방으로 가게."

숙희가 눈을 홱 뒤집으며 바득 이를 악문다. 그도 짝불알이라는 말에 퍼렇게 독이 올라 있다. 그랬다. 태어날 때부터 불알 한쪽이 지나치게 컸다. 그래서 어려서부터 늘 놀림감이었다. 짝불알은 그의 별명이기도 했다. 어엿한 이름을 놔두고 극성스럽게 짝불알이라고 불렸다. 그때마다 창피하고 성질머리가 일어 견딜 수가 없었는데, 지금 또 짝불알이 나온 것이다. 옆에서 킥킥거리던 봉자가 장난기 어린 표정으로 숙희 허리를 꾹 찌른다.

"가시나야! 종만 씨가 그랬다고 카면 우짜노. 쌈 벌어지면 니 년이 책임질 거가?"

그는 꾹꾹 눌러 참았던 짝불알이라는 말에 순간 한바탕 사고 쳐버리고 싶은 충동이 인다. 충혈된 그의 눈이 숙희의 눈과 마주친다.

"이런 빌어먹을 예편네. 인자 잊고 살 때가 되았는디. 나보고 짝불알이라고. 이런 씨부랄 예편네가 있나. 종만이 이 싸가지 없는 놈, 기본기가 뭔지도 모르는 새끼, 죽었다고 복창해야 될 거여. 요놈의 새끼를 그냥……. 오냐, 두고 보자. 나가 기어코 이 분풀이를 허는가 안 허는가 봐라. 이놈의 물개 거시기를 묵고 확 그냥 자빠뜨려불랑께."

"그래도 염병 떠는 소리를 허네. 누구를 자빠뜨려? 짝불알이면 다야?"

"뭐? 또 짝불알!"

황견은 그녀의 말에 그만 아뜩해지고 만다. 웃음기 밴 그녀의 얼굴과 묘하게 일그러진 그의 얼굴이 대비를 이룬다. 그는 물개의 큰 생식기를 노려보며 어금니를 갈아붙인다. 물개가 황견을 향해 허옇고 뾰족한 송곳니를 드러내곤 으르렁거린다. 그는 비장한 표정으로 물개를 방파제 기둥에 묶는다.

2

그물코 보수 작업은 하얼빈 자갈 마당에서부터 시작된다. 한철이 지나면 선주들이 그물 보수를 의뢰한다. 적게는 수십만 원에서 많게는 수백만 원에 이르는 일거리가 들어온다. '하얼빈'은 만주어로 '그물을 말리는 곳'이라는 뜻이다. 하얼빈에서 일을 하는 사람들은 삼십 대 후반에서 사십 대가 주류를 이루고 있다. 그중에서도 여자들이 압도적으로 많다.

쪼그리고 앉아서 그물코를 보수하는 일은 여간 힘든 일이 아니다. 단조롭고 지루하다. 그물을 손질하고 문득 고개를 들어도 보이는 건 파도뿐이다. 파도는 해안이 가까워지면서 끝 부분이 무너지기 시작한다. 그와 동시에 무너진 파도 끝이 하얗게 변하면서 치솟아 오른다. 그 뒤를 따라서 또 하나가 겹쳐지며 깨어진다. 얼핏 보면 똑같은 파도 같지만 전혀 그렇지 않다. 파도는 제각각 바다에 다른 집을 짓고 산다.

하얼빈 사람들도 파도 소리에 장단을 맞추며 그물코를 끼운다. 그물 줄을 걸어 올려 허리띠에 두르고 날카로운 대바늘로 한 땀 한 땀 그물코에 찔러 넣는다. 해어진 그물을 무릎 위로 걸어 올려, 대나무 바늘로 촘촘하게 실을 끼워 넣는다. 더러는 찢어진 구멍을 메우기 위해 그물을 겨드랑이 밑으로 돌려 젖가슴에 붙이고 감치기도 한다. 그때 여자들의 젖가슴이나 실팍한 엉덩이의 일부가 밖으로 드러난다. 낯 뜨거울 만큼 드러났다가 아찔할 만큼 아슬아슬하게 감추어지기도 한다. 가끔 그물을 일부러 떨어뜨리고 다시 들어 올리는 척하며 은밀한 부분을 훔쳐보곤 한다. 그러면서 얼굴을 붉히기도 하고 군침을 흘리기도 한다. 황견과 종만은 그것, 훔쳐보기를 즐긴다. 어느 때는 킬킬거리면서 진저리를 치기도 하고 진득한 침을 꿀꺽 삼킨다. 하얼빈 물살은 영등사리 때보다는 못할지라도, 여느 사리 때의 물살보다 훨씬 세차고 촘촘하게 밀려든다. 그 여파로 물살은 짙푸르거나 희뿌연 물갈래가 여럿 생기고, 갯바위들은 질펀한 물속에 잠겨버린다. 하얼빈 사람들과 별반 다르지 않다.

황견은 흰 거품을 물고 촘촘하게 밀려드는 사리 물살을 보곤 몇 번이나 물개 해구신을 떠올린다. 여자들이 뭐라고 할 것인가? 모두가 자기만 쳐다보고 은밀한 상상을 할 것만 같다. 그는 물개만 생각해도 숙희의 얼굴이 어릿거리고 입안에 진득한 침이 고인다. 황홀해서 그만 감당할 수 없다.

그는 방파제 끄트머리로 걸음 한다. 그러곤 바지를 내리고 짱짱한 자지를 내려다본다. 물개만 생각해도 효능이 뻗쳐 오는 것 같다. 하여 숙희가 저 출렁거리는 이랑을 타고 밀려와 그의 품에 안길 것만 같다.

황견은 방파제 난간에 서서 오줌을 갈긴다. 오줌 줄기가 바닷물을 파고든다. 그도 모르게 진저리가 쳐진다. 어떤 전율 같은 것이 찡하게 배꼽 주변을 떠돈다. 전율은 한동안 그렇게 머물다가 오줌 줄기를 통해 빠져나간다. 하얼빈 자갈 마당에서 그물을 털던 봉자가 호기심 어린 눈길로 말을 건넨다.

"지금 뭐 하는교? 남들 눈도 있는데. 남사시럽고로 어데서 물건을 내보이는교?"

"오줌 누는디. 봉자가 뭔 상관이여."

그녀는 일부러 보려고 한 건 아니었지만 오줌발이 세차게 뻗어 나가고 있는 황견의 자지를 보고 말았다. 사실은 진짜 보고 싶었던 전설의 짝불알은 보지 못했다. 봉자는 사뭇 진지한 표정으로 은근하게 묻는다.

"황견 반장님예, 그 물개를 혼자 먹을랍니꺼. 지도 쪼매 떼어 주이소. 종만 씨 먹이게. 부탁합니데이. 반장님은 쓸 데도 없지 않은교. 물개 해구신이 억수로 남자한테 좋다카든데. 얼마나 힘든 밤을 보낼라 깝니꺼? 혼자 사는 사람이 그것 무봤자 무신 필요가 있는교. 엉뚱한 것만 고생한다 아닙니꺼."

황견은 당황스럽다는 표정을 짓는다. 걸핏하면 험악한 욕설을 퍼부어 대던 여자가 어쩌면 저렇게 나긋나긋하게 말을 할 수 있을까 싶다. 봉자가 가까이 다가선다. 입에서 구릿한 냄새가 난다. 게다가 겨드랑이에서 암내가 피어올라 견딜 수 없을 만큼 역하다. 하지만 봉자의 표정은 사뭇 진지하다. 그녀가 은근한 눈길로 황견의 아랫도리를 슬쩍 훔쳐본다. 낌새를 알아차린 그가 두 눈에 힘을 주고 툭 내뱉는다.

"나가 아무리 발정기가 와도 임자만 보문 바로 스님이 되야 분께 저만치 떨어져."

"뭐라고요? 그게 말인교? 막걸린교?"

봉자는 그의 말에 자존심이 상했는지 앙칼지게 쏘아본다. 노려보는 눈초리가 쉬 가라앉지 않는다. 황견은 그러거나 말거나 아랫입술을 들어 올리며 누런 이빨을 내보인다.

"언젠가는 원양어선을 타고 부에노스아이레스로 갈 거여. 그곳 여자들과 술을 마시고 격정적인 춤을 출 거여. 암컷을 유혹

하는 물개 댄스 말이여. 춤이 끝나문 아무 곳에서나 교미를 허는 물개처럼 사랑을 베풀 거여. 죽음보다 더 격정적인 교미. 두고 보랑께. 나는 그라게 살다가 칵, 죽을랑께."

"아이구마! 참 잘났데이. 남미 가시나들이 반장님이 짝불알인거 알면 뭐라 카겠는교."

"이런 시부럴 여편네가 또 그것을 들먹이네잉. 환장하겠네. 썩을 놈의 여편네야, 나의 물개 댄스를 보고 말해."

그는 준비운동도 없이 서서히 발을 굴린다. 발짝 소리가 반복적으로 울린다. 무언가를 붙잡은 포즈를 취하며 서로 밀고 당기는 몸짓을 한다. 허리가 활처럼 휘어진다. 곧이어 왼쪽 다리가 허공을 가른다. 봉자가 그의 몸짓을 응시한다. 눈가엔 장난기가 가득하다. '참 지랄 염병 떠는 데는 선수'라는 눈빛이다. 황견은 그러거나 말거나 물개가 교미하는 동작을 반복한다. 이제껏 알고 있던 세상과는 또 다른 세상이 있다는 것을 알리는 몸부림 같다. 허리 놀림이 노골적이기도 하고 때론 경건하기까지 하다.

그가 입을 크게 벌리고 입술에 진득한 침을 바른다. 더러는 격정적인 신음 소리를 토해내기도 하고, 더러는 가냘픈 신음 소리를 내기도 한다. 그의 게슴츠레한 눈동자가 봉자의 눈과 마주친다. 경이롭지 않으냐는 표정으로 어깨를 으쓱해 보인다. 봉자가 걱정스러운 표정으로 한마디 쏘아붙인다.

"국산품도 억수로 많다카이. 병원에 한번 가보소. 대낮에 지랄용천을 떠는 품이 참말로 가관인데. 물개가 그래 춤을 춥니꺼? 부에노스아이레스 가시나들이 잘도 넘어오겠습더."

"뭣이여! 심장이 벌렁거리고 숨을 못 쉴 정도라고 말해야지. 에라이! 예술이 뭔지도 모르는 무식한 예편네야. 하루라도 빨리 예술의 도시 부에노스아이레스로 떠나야지. 그곳 여자들은 나의 물개 댄스에 환호허겄지. 나는 그라게 살다가 칵, 죽을랑께."

그는 철퍼덕 바닥에 주저앉아 먼바다를 바라본다. 수평선 위로 붉은 해가 걸려 있다. 태양의 붉은 선혈에 물든 바다는 핏빛 페인트를 풀어놓은 것처럼 붉게 타오르고 있다.

"부에노스아이레스 여편네들도 저 태양처럼 뜨거울 거여. 그라고말고."

"아무리 생각해봐도 물건은 물건이데이. 저 인간이 태어났을 때 태몽이 뭐였는지 억수로 궁금타!"

봉자는 그의 뒤통수에 주먹감자를 먹이곤 발길을 돌린다. 아무리 생각해보아도 병원에 입원시켜야 할 위인이라는 표정이다.

황견은 헛기침을 내뱉곤 느릿느릿한 걸음걸이로 방파제 안으로 접어든다. 하얼빈 야적장에서 일하는 남녀들의 빗발치는 물개 소리에 더 이상 녀석을 묶어놓을 수 없다는 결론을 내린다.

다른 한편으론 하얼빈 사람들 앞에서 간만에 폼 한번 잡고 인심 쓰는 것도 좋지만 숨을 헐떡거리고 죽어갈 녀석을 생각하자 마음이 섬뜩해진다.

황견이 방파제를 응시한다. 흘긋 더듬던 그의 두 눈이 확 커진다. 밧줄이 보이지 않는다. 물개를 묶어놓았던 곳으로 뛰어간다. 온몸의 관절이 녹작지근히 떨리는 것 같다. 전혀 상상할 수 없는 일을 당했을 때의 멍한 기분이랄까, 머리가 띵해지며 뒤죽박죽 혼란스럽다. 그는 물개를 매달아 놓았던 곳으로 가까이 다가선다. 물개가 보이지 않는다. 바람만이 텅 빈 수면 위를 치고 간다. 황견은 상황을 대충 어림짐작하면서 고개를 끄덕인다. 필요 이상으로 야물고 똑똑한 체하는 종만을 떠올린다. 그는 봉자와 연인 관계이면서도 숙희에게 음흉한 눈길을 주곤 했다.

"그려. 상려르 종자. 워떤 물갠디 니가 사고를 쳐부러. 나가 알아봤어. 여자 야그만 나오문 개 풀 뜯는 소리만 허고 말이여. 니는 죽었다. 오늘이 니놈 제삿날이여."

황견이 하얼빈 작업장으로 내달린다. 비릿한 냄새가 달려들고 여기저기서 비늘이 날린다. 생각할수록 새록새록 부아가 치밀어 오른다. 그는 종만의 얼굴을 떠올리며 방파제 너머 자갈밭을 노려본다. 찰싹찰싹 자갈밭을 핥으며 부서지는 물결들이 햇빛을 받아 고기비늘처럼 반짝인다. 그는 다부지고 오기 많은 종만의 툭 불거진 얼굴을 떠올리곤 입술을 비틀어 올린다. 황견은 얼굴을 험상궂게 일그러뜨리곤 곧장 그물코 보수 작업이 한창인 하얼빈 야적장으로 들어선다.

"종만이 이 자식아, 물개 내놔. 이 되다가 만 새끼야."

"이런 제미, 종만이가 동네 똥개 이름이요 뭐요. 으째서 함부로 막말을 허고 그라요?"

황견은 그의 멱살을 틀어잡아 올린다. 아무 생각 없이 그물코 보수 작업을 하던 종만은 불의의 습격에 한순간 기선을 제압당한다. 그러나 그것도 잠깐, 그는 황견을 뒤로 홱 떠밀어 버린다. 화가 머리 꼭지까지 오른 황견이 대번에 그의 따귀를 때린다. 종만이 입에 게거품을 문다.

"이런 씨부랄. 뭣 땜시 지랄이여. 그 물개가 어쨌다는 거여."

"아야! 니가 숙희 씨헌테 나가 짝불알이라고 말혀도 참었다. 근디 니가 물개를 훔쳐야? 짝불알도 뭐헌디. 물개까징 넘봐? 기본기 없이 까진 새끼야."

그가 종만의 멱살을 흔들며 흰자위 많은 눈을 부릅뜬다. 더러는 굵은 가래침이 거무스름한 종만의 얼굴로 튀어 간다. 종만은 얼굴에 튀어 온 침을 손바닥으로 닦아내곤 두 눈을 부라린다. 환장하겠다는 표정이다.

"아따! 뭔 일인지 자초지종 설명부터 해보시오. 흥분허지 말고."

"흥분? 싸가지를 통째로 말아묵은 새끼를 봤나! 짝불알이라고 니가 소문내고 댕겼냐, 안 댕겼냐? 글고 나 물개를 슬쩍혔냐, 안 혔냐? 빨리 말 못 혀?"

"아따! 나가 술자리에서 농담으로다가 짝불알 야그를 한 번 했소. 그 문제문 나가 실수혔소. 그란디 물개는 나허고 아무 상관이 없소. 진짜 모르는 일이요."

"워메! 이런 씨부랄 새끼를 직이지도 못혀고, 살리지도 못혀고, 우짤끄나. 니 한 번 더 경고혀는디 빨리 물개 내놔. 니 죽고 나 죽는 거여. 알아들었냐?"

그는 흥분하여 막말을 퍼붓는다. 그것도 모자라 뿌드득 소리가 나도록 어금니를 악문다. 그들은 서로 으르렁대며 부들부들 몸을 떨어댄다. 순간, 종만이 그의 가랑이 사이로 파고든다. 그가 무릎으로 냅다 걷어찬다. 종만이 얼굴을 감싸고 나동그라진다. 마음만 앞섰지 실전 경험이 별로 없는 그는, 자갈밭으로 나가떨어진 채 악만 써댄다. 작업을 하던 하얼빈 사람들이 몰려와 싸움을 말린다. 황견은 양미간에 주름살을 모으고 그를 험상궂게 노려본다. 종만은 성질머리를 이기지 못하고 들고 있던 대바늘을 바다로 던져버린다. 그것은 하얼빈 사람들의 앙금으로 옹이 맺혀 있는 물건이다. 단순한 대나무라기보단 한 맺힌 삶이다. 그 삶이 너무나도 단단히 뭉쳐 있어서 매일 그물을 퉁겨 올리며 살아왔다. 그물 조각의 아픔이, 그 한 조각의 삶이 그렇게 매운 것이라 여기며 견뎌왔다. 그런 물건을 미련 없이 던져버린 것이다. 황견이 바득 어금니를 악문다.

"대바늘 주서 와! 싸게. 칵, 이 자식을 그냥."

종만은 분하고 억울하다는 표정으로 황견을 노려보다가 그대로 돌아선다.

"던져버린 대바늘 갖다 놓고 가란 말이여! 이 자식아, 니가 시방 불난 집에 부채질하고 있냐. 물개는 물개고, 밥줄은 밥줄이여. 대갈통 부수기 전에 싸게 주서 와. 언능."

종만은 더 이상 참을 수 없다는 표정으로 그의 멱살을 붙잡는다. 한참 동안 서로 실랑이를 벌인다. 그가 종만의 배때기를 냅다 걷어찬다. 종만이 발랑 뒤로 나가떨어진다. 그는 가슴을 쓸어내리며 눈에 불을 켠다. 그러나 황견은 그 자리에 버티고 서서 그를 노려본다.

"이참에는 대갈통에 선지 국물 흐르는 수가 있어. 물개가 누구 건디 함부로 손을 대. 일단 물개 내놓고, 존 말 헐 때 대바늘 주서 와. 언능!"

종만이 달려들려고 하자 다시 자세를 잡는다. 여차하면 또 발차기가 들어갈 판이다. 그는 이미 기가 죽어 있다.

"더러워서 나가 참소. 두고 봅시다. 죄 없는 사람 죄인 취급
허문 복수를 당허는 법이요잉. 조심허시요!"

"뭐시여! 독한 놈이구만잉. 끝까지 잘못혔다는 말을 안 허네."

그는 어금니를 갈아붙이며 진득한 가래침을 내뱉는다. 종만
도 얼떨결에 당한 일이라 그저 눈알만 부라린다.

3

황견은 인기척에 방문을 연다. 어둠 속에서 별똥별이 떨어져
내리는 소리 같기도 하고, 반딧불이가 나는 것도 같다. 누가 왔
을까. 아무도 보이지 않는다. 그는 방문을 닫고 잠을 청한다. 그
때 또 바스락거리는 소리가 들려온다. 순간, 신경이 벌겋게 곤
두선다. 황견은 방문을 다시 연다. 종만이 문밖에서 엉거주춤
서 있다. 이마와 두 눈엔 퍼렇게 멍이 들어 있다.

"어이 종만이, 어쩌다가 이렇게 됐는가?"

그는 황견의 말이 들리지 않는지 이빨이 부스러지도록 앙다
문 입을 열려고 하지 않는다. 미세하게 몸을 떨고 있을 뿐이다.
그는 종만을 부축하여 방 안으로 들인다.

"어이, 정신 차려. 우찌게 된 일이여? 뭔 일이 있는 거여?"

황견은 무릎을 꿇고 앉아 거듭 묻는다. 하지만 그는 신음 소리만 내지를 뿐이다. 황견은 그의 윗옷을 벗기고 가슴팍을 살펴본다. 검붉은 생채기가 보인다. 겉으로 드러난 생채기는 별로 크지 않은 것 같은데, 살갗 속에 피멍이 벌겋게 뭉쳐 있다.

"누구한테 이라게 맞았는가?"

종만은 일그러뜨린 얼굴 근육 하나 꿈쩍하지 않는다. 황견은 가슴 한복판이 휑하게 비어온다. 너무 갑작스러운 일이라 한참 동안 멀거니 종만을 내려다본다. 그는 마음을 다잡고 어둠이 수런거리는 마당을 건너 봉자의 집으로 걸음 한다. 드넓은 바다 저쪽에서 밀려온 파도가 하얼빈 자갈밭으로 넘어오고 있다. 아니, 쓰러지고 있다. 다른 물때에 비해 파도 줄기가 굵고 옹골차다. 그는 자갈을 걷어차며 헛기침한다. 그 소리에 언덕길에 깔려 있던 밤안개가 쿨럭이며 사그라진다. 그에게 눈을 부라리고 대거리를 하던 종만의 모습이 떠오른다. 적당한 시기를 봐서 화해를 할 생각이었다. 설사 그가 물개를 가져갔다 하더라도 그냥 묻어두려 했다.

황견은 물개를 먹어본 적이 없다. 그물에 걸려든 물개를 잡기는 했어도 녀석의 목에 칼끝을 밀어 넣을 자신이 없었다. 순간, 물개의 선한 눈빛이 머릿속에 그려진다. 해맑은 눈으로 벌렁벌렁 숨을 몰아쉬던 녀석은 귀엽기까지 했다. 그 처연한 눈빛 때문에라도 물개 살덩이를 입속으로 넣을 수 없을 것 같았다. 그랬다. 말똥말똥 쳐다보던 녀석의 눈빛이 보고 싶어 고등어 토막을 던져주기도 했다.

그는 바닷길로 접어든다. 숨결 같은 바람이 조금만 불어도 호들갑스럽게 들썩이던 그물이 휘청 그물코를 꺾는다. 그물 더미 뒤로 자그마한 등대가 보인다. 아주 작은 하멜 등대다. 등대는 빨간 칠이 되어 있고 그 주위로 의자가 놓여 있다. 전에 없던 풍광이다. 그는 작업장 입구에 있는 봉자의 집으로 들어선다.

"봉자 있는가? 나 황 반장인디. 종만이 일로 왔구만."

아무런 응답이 없다. 황견은 발길을 돌린다. 여느 날 밤과는 달리, 밤안개가 음험하게 수런거린다. 그는 곧바로 방파제 안으로 접어든다. 인기척이 느껴진다. 방파제가 시작되는 하멜 동상 옆에서 무언가가 움직인다. 황견은 눈을 크게 뜨고 주변을 두리번거린다. 먼바다에서 달려온 굵직한 파도가 방파제를 향해 밀려든다. 그는 크게 헛기침을 하곤 하멜 동상 아래를 내려다본다. 여자가 울음소리를 죽이며 뒤돌아본다. 봉자다.

"뭔 일로다가 요로코롬 울고 있어. 봉자답지 않게 말이여. 종만이 일허고 관계가 있는가? 실은 나도 그 일 때문에 자네 집에도 가보고 했는디. 뭔 일이여?"

"지는 종만 씨가 있잖습니꺼? 그란데예…… 우리 아저씨가

출소를 했다 아닙니꺼. 우에 알았는지 여기까지 와서 나를 찾아
냈습니더. 종만 씨는 우리 아저씨가 그랬습니더. 내가 말했습
니더. 이제는 나를 놓아주라고예. 그 문디 자슥 생각만 해도 치
가 떨립니더."

봉자가 처절한 울음소리를 토해낸다. 그 울음소리가 세찬 된
바람 같다. 오랜 세월 하얼빈에서 굳게 빗장을 채우고 살아온
그녀의 삶이 사나운 파도를 따라 출렁거린다. 황견은 그녀에게
그러한 눈길을 보내곤 쓴 입맛을 다신다.

"인자 가세. 종만이 혼자 두고 왔구만."

바람 소리, 파도 소리가 더욱 선명하게 들린다. 더러는 바람
에 실려 온 듯한 비릿한 냄새가 하얼빈 마당으로 밀려든다. 남
도 끝자락에 있는, 오직 소외된 사람들을 위한 하얼빈. 그 외진
곳에서 그물코를 끼우고 외로움에 몸을 떨며 살아왔던 위인들
이다.

그들은 걸음을 옮긴다. 하얼빈 마당으로 밀려드는 파도 소리
가 청량하다. 그는 한숨을 내쉬고 하늘을 쳐다본다. 별똥별 하
나가 긴 꼬리를 끌며 돌산도 너머로 떨어진다. 봉자가 잠시 걸
음을 멈추고 바다로 눈길을 던진다. 날 선 파도가 머리를 치켜
세우고 달려든다. 그 모양새가 꼭 남편 같다. 봉자는 남편의 우
악스러움에 몸서리가 쳐진다. 남편의 혹독한 주먹질은 지워지

지 않을 멍울로 남아 있다.

남편은 신혼 첫날부터 역한 술 냄새를 풍겼다. 그 냄새에 익숙해졌을 때엔 까닭 없는 주먹질이 시작되었다. 더구나 결혼 첫날부터 교도소로 들어가기까지 한 번도 따뜻하게 안아준 적이 없었다. 그녀는 영문도 모르고 그 아픔을 견뎌야 했다. 그것이 결혼 생활의 전부였다. 두어 번 면회를 갔다. 희망이 없었다. 결국 하얼빈으로 도망치듯 숨어들었다.

봉자는 남편의 험악한 눈빛을 떠올려 본다. 온몸이 수축되는 듯한 공포감이 밀려든다. 파도도 덩달아 방파제를 뒤흔든다. 밤안개에 젖어 있는 하얼빈 바다는 이승의 것 같지 않게 신비스럽고 영묘해 보인다. 그녀는 달빛을 등지고 걸음 한다. 그림자가 그물 더미 위로 포개진다. 그녀가 하얼빈에 매료되었던 건 바다가 아름다워서가 아니었다. 같은 처지의 사람들이 마음을 열고 위로의 말을 건네는 따스함 때문이었다. 그녀는 남편에게도 어느 누구에게도 따스한 위로의 말을 들어본 적이 없었다. 그녀도 사랑을 주고 싶었고 또 받아보고 싶었다. 그래서 이 황량한 하얼빈에 정을 붙이고 살아왔다. 어쩌면 너무 외로워서였는지도 모른다.

봉자는 허탈하다는 듯 입술을 일그러뜨리며 웃는다. 황견도 따라 웃는다. 이따금 물새들의 잠꼬대가 은은한 대기에 파문을

일으킨다. 그녀가 고개를 치켜들고 고함을 내지른다. 고함 소
리에 놀랐는지 조용히 잠을 자던 새들이 일제히 수면을 박차고
날아오른다.

"염병할 년! 잠자는 물새들 놀라게 고함을 왜 질러!"

귀에 익은 목소리다. 그들은 천천히 소리 나는 방향으로 고개
를 돌린다. 숙희가 그물 더미 옆에 서 있다. 그녀의 두 눈이 그
렁해져 있다. 황견의 표정이 잠깐 굳었다가 곧 환하게 펴진다.

"이 시간에 뭔 일이여. 짝불알 시험허로 왔는가?"

"염병. 입만 열문 그거여. 나가 황견 씨랑 같은 부류의 인간
으로 보이요? 봉자가 걱정되어서 왔구만."

황견은 무슨 말을 하려다 말고 입을 다물어버린다. 숙희의 눈
빛이 사나워진 탓이다. 그녀는 봉자 옆에 서 있던 그를 밀어붙
이곤 그렁한 눈길을 보낸다. 늘 만나는 사람이라서 그런지 친자
매 같다는 생각이 든다. 숙희가 그녀의 눈치를 살피며 조심스레
말문을 연다.

"남편이 나타났다는 소문을 들었어. 솔찬히 걱정되어서 잠이
와야지. 결정은 했어?"

출소한 남편과 종만이 일인 줄 알면서도 그녀에겐 숙희의 물
음이 새삼스럽게 느껴진다.

"우짜면 좋노. 하얼빈이 정들었는데……. 종만 씨하고 떠나

야 안 되겠나. 오늘 밤 떠나기로 했다. 자리 잡으면 연락할 끼다. 그래 알아라. 억수로 미안테이."

"고민허지 말고 자기 맘 쓰인 대로 행동혀. 남편이 또 찾아오기 전에. 자기가 꼬매던 그물은 나가 마무리해줄게."

그녀는 숙희의 녹녹한 말을 들으며 한숨을 불어 올린다. 긴 한숨 소리가 허공으로 스멀거리다가 옅어진다. 봉자의 눈치를 살피던 숙희가 한마디 덧붙인다.

"허긴, 하얼빈에서 뭘 바라고 살겠어. 떠나지도 못허고 눌러붙어 사는 우리가 빙신이지."

봉자가 허허롭게 웃어 보인다. 그녀의 속내를 눈치챈 숙희가 말꼬리를 돌린다.

"아이구, 뭔 놈의 바람이 저리도 분다냐?"

"바람 부는 것 첨 보나? 종만이허고 봉자 씨 떠나문 우린 많이 외롭겠어. 숙희가 해준 따신 밥 묵고 살문 얼매나 좋을까."

그녀는 봉자 일에 마음이 상해 있는데 분위기 파악 못 하고 어설픈 작업을 거는 황견을 향해 쏘아붙인다.

"염병허고 자빠졌네. 지금 이 상황에서 그 말이 이치에 맞소? 아이구, 나도 떠야 헐 것 같소. 그래야 허구헌 날 염병허는 소리 안 듣고 살제."

"시방 못할 말 한 겨? 난 숙희 없으문 못 살아. 칵, 죽어버리고 말지."

"워메! 워메! 이 인간 땜세 나가 못 산당께."

그녀가 황견의 가슴팍을 사정없이 꼬집는다. 그는 숙희가 꼬
집어줄 때가 가장 좋다. 뭐랄까, 그도 누군가에게 사랑받고 있
다는 느낌이 들기 때문이다. 더러는 여자들을 즐겁게 해주는 재
주를 부리기도 한다. 사뭇 진지하게 꺼낸 말인데도 여자들에겐
방바닥을 데굴데굴 굴러야 할 정도로 우스운 에로 버전으로 둔
갑해버린다. 황견은 타고난 에로 개그맨이기도 하다. 앙칼지게
쏘아보던 숙희도 애써 성질머리를 누그러뜨린다. 사실 황견의
입이 좀 걸어서 그렇지, 어디 하나 빠짐없는 번듯한 인물이다.
하얼빈에서 그만큼 수완을 발휘하는 사람도 없다. 그물코 보수
하는 일도 뒤처지지 않는다. 그녀는 눈시울을 붉히며 봉자의 손
을 꼭, 쥐어준다.

4

바다가 하얗게 뒤집히며 들끓기 시작한다. 굵고 거대한 파도
줄기가 하얼빈 야적장으로 밀려든다. 달려드는 파도가 그물 더
미를 덮친다. 그 여파로 시퍼런 바닷물이 작업장까지 밀려든다.

황견이 눈을 부라리며 그물 더미를 쏘아본다.

"워메, 그물이 쓸려 가문 나는 아작 나는디. 큰일이여. 나뿐
만 아니라 우리 하얼빈 식구들의 밥줄인디. 이 일을 어짠다냐."

드높은 파도 줄기가 방파제 가장자리의 중턱까지 차올라서
하얗게 밀려든다. 황견은 겁먹은 눈을 끔벅이며 주위를 휘휘 둘
러본다.

"다들 나왔는가? 그물을 좀 더 위로 옮기세. 언능 서둘러."

하얼빈 사람들이 일제히 덤벼들어 뒹구는 그물을 밧줄로 묶
어 끌어당긴다. 진한 안개에 드리워진 바다는 미친 듯이 들끓는
다. 황견은 침통하게 바다의 움직임을 주시할 뿐이다. 하얼빈
사람들은 파도가 잠깐 밀려 나간 사이 그물을 좀 더 위로 끌어
올린다. 황견의 목소리엔 날이 서 있고, 눈빛 또한 발끈한 기운
이 서려 있다.

"야무지게 당기란께. 힘써."

"보문 모르요. 까딱허문 똥 나오겄소."

숙희는 싸우듯 악을 쓰며 그물을 끌어 올린다. 큰 파도가 달
려와 그물을 한 바퀴 더 뒤집는다. 인부 한 명이 그물 밑에 깔려
허우적거린다. 황견이 그물을 헤치고 인부를 끌어낸다. 바람은
더 세차지고 파도도 거대해진다. 그 여파로 고깃배 두 척이 파
도에 짓이겨지면서 뱃전과 갑판이 깨어져 나간다. 그는 모든 걸

허물어뜨리려고 달려드는 성난 바다를 노려보곤 하얼빈 작업
장 인부에게 화풀이를 해댄다.

"지랄을 해요. 그물이 지 애인이여, 멀쩡헌 그물을 보듬고 딩
굴게?"

"워메, 그만허시오."

"뭣 땜시 저 사람 편을 들고 그란가?"

숙희가 눈알을 부라린다. 그는 헛기침을 내뱉곤 고개를 돌린
다. 칼날 같은 빗방울이 날아와 그의 눈을 세차게 후려친다. 세
찬 칼바람이다. 그 자리에 굳어진 채 허옇게 뒤집힌 바다를 내
려다보던 인부들이 힘겹게 그물을 끌어 올린다. 황견이 입에 거
품을 물고 작업을 독려한다.

"씨부랄. 힘쓰는 것 봐라. 저래갖고 잘허긌다. 분통이 터진당
께. 이놈의 여편네들도 뭐 허는디 비실댄다야. 힘들 써. 그물이
느그 애인이라고 생각허고 힘써. 물개만 묵었어도 힘이 날 건
디. 그놈의 물개는 어디로 사라진 겨. 물개가 없은께 거시기 힘
도 쪽 빠져부렀당께."

"참말로 듣자 듣자 헌께 막 나가네잉. 뭔 입이 그런 입이 있다
요. 사람이 좀 점잖아야지, 옆에 있으문 나까지 못쓴 여자가 되
겄소."

그는 입술만 씰룩거릴 뿐, 더 이상 말문을 열지 못한다. 바다

엔 그물과 말목이 떠다니고, 그것들을 싣고 다니는 고깃배들이 깨어지고 있다. 선주들은 천재지변으로 찢어진 그물과 분실된 목록을 따져 변상해내라고 윽박지를 것이다.

황견은 어젯밤에 어렴풋이 큰 비바람이 불 것을 예상하긴 했다. 북서풍이 불고 그물 더미가 바람에 들썩일 때부터 불길한 예감이 자꾸 들었다. 당일에 그물과 어구를 높은 곳으로 끌어 올려놓았어야만 했다. 하지만 그렇게 하지 못했다. 물개와 종만이 일로 인해 정신이 없었다. 더구나 이번 일이 마무리되면 은밀한 곳에서 숙희와 함께 새살림을 차릴 계획에 들떠 있었다.

하얼빈 사람들은 약속이라도 한 듯 방파제를 응시한다. 잇따라 돌진해 덤벼드는 거대한 파도에 그물이 쓸려 간다. 황견은 몸을 잔뜩 웅크린 채 소리친다.

"이런 니미럴. 여차허문 뭣 되겠네. 이럴 때 종만이라도 있었으문 큰 힘이 되았을 건디! 봉자도 없고. 인자 할 수 없어. 이판 사판 공사판이여!"

그가 굵은 밧줄을 들고 뛰어간다. 먼바다에서 산 같은 파도들이 하얼빈 야적장으로 달려든다. 그렇지 않아도 물에 잠기어 있던 그물이 밀려든 파도 때문에 더욱더 넓게 펼쳐진다. 그나마 자잘한 나무토막과 검은 판자 조각들이 질펀하게 그물에 감긴다. 그것들은 모두 배들이 깨지고 부서진 조각들이다.

"아이구, 씨부럴. 이대로 당할 순 없제. 오냐! 니가 이기나 나가 이기나 해보자."

"시방 뭐할라고 그라요? 그물에 걸리문 죽소. 운에 맡깁시다."

"살다 봉께 나 걱정도 다 해주네잉. 운에 맡기문 자기가 나헌테 올 거여. 나도 꿈이 있단 말이여. 이번 건 끝나문 그동안 저금해온 돈하고 합쳐서 아파트나 하나 살라고 그랬는디. 이녁하고 살림 차릴 집 말이여. 나가 들어가는 방법밖에 없어. 이참에 나 뒤져불문 개 풀 뜯는 소리도 안 듣고 좋겠어."

황견은 그녀를 향해 그렁한 눈길을 보내곤 걸음 한다. 부서지고 마모된 돌조각들이 발밑에 밟힌다. 그는 자갈을 집어 들어 힘껏 내던진다. 돌조각은 검푸른 수면 속으로 삼켜진다. 아무런 흔적도 없다. 막막한 발걸음을 하던 그가 흘낏 주위를 둘러본다. 애잔한 울음소리가 들린 탓이다. 그의 청각은 예민한 편이어서 다른 이에게 잘 들리지 않는 것도 감지해내곤 한다.

그는 밧줄을 허리에 감고 물속으로 뛰어든다. 굵은 파도가 몸뚱어리를 휘감는다. 파도에 휩쓸려 온 나뭇조각이 그의 어깨에 부딪친다.

"흑, 이런 염병헐 나무. 붙으라는 건 안 붙고, 엉뚱헌 게 달라붙고 지랄이여."

황견의 모습을 지켜보던 숙희가 발을 동동 구른다. 그는 길게 원을 그리며 그물에 걸리지 않게 조심스레 헤엄을 친다. 그녀가 울음을 내놓는다. 몸을 떨어대는 그녀의 얼굴에 바늘 같은 빗줄기가 함부로 치고 간다. 빗방울은 더욱 굵어지고 뽀얀 비안개까지 휘날린다. 그녀는 자꾸만 두려워지고 무서워진다.

황견은 필사적으로 몸부림치며 그물에 밧줄을 매단다. 거대한 파도가 그의 얼굴을 후려친다. 손가락이 뻣뻣해지고 바닷물이 입안으로 들어온다. 곧이어 몸이 경직된다. 한끝도 움직일 수 없다. 더러는 가쁜 숨결이 목에 걸린다. 그는 혼미해지는 의식 속에서 얼핏 불길한 예감이 든다. 급기야 정신이 아득해온다. 그대로 가라앉는다.

뿌걱, 뿌걱, 뿌걱.

희미해지는 의식 속에서 물개 울음소리가 들린다. 그는 번쩍 고개를 치켜든다. 애처로운 울음소리와 함께 거무스름한 것이 보인다. 그때 어떤 움직임이 사타구니 밑을 훑는다. 황견의 머리가 수면 쪽으로 틀어진다. 황견은 그가 물속으로 몸을 던지기 전, 바람을 따라 울려 나오던 애잔한 울음소리를 기억해낸다. 그 순간, 무언가가 신기루처럼 어른거린다. 황견은 손으로 무언가를 더듬는다. 손에 잡히는 것들이 모두 빠져나간다. 하지만 무언가가 그를 수면 위로 끌어 올린다. 그는 끙끙 앓으면서 몸부림치기도 하고, 무어라고 신음 소리를 내뱉기도 한다. 곧이어 경련을 일으키곤 먹은 것들을 토해낸다.

"정신이 좀 드요. 황견 씨, 나가 누군지 알아보긌소?"

그는 방파제에 몸을 누인 채 거친 숨을 몰아쉰다. 숙희가 다시 한 번 인공호흡을 한다. 따스한 입술이 그의 입술에 부딪친다. 알싸한 입 냄새에 정신이 조금 돌아온다. 그녀는 두 눈을 꼭 감고 뜨거운 입김을 그에게 불어 넣는다. 황견은 자신의 입을 틀어막고 있는 숙희 입속으로 숨을 불어 넣는다. 그녀가 온몸을 부르르 떤다.

"정신이 드요?"

"진직 물에 빠질걸. 왜 미처 그걸 생각 못 했을까잉. 인자 개 풀 뜯을 필요 없어. 그라지, 여기가 부에노스아이레스여. 그라고말고."

"아무리 생각혀봐도 그쪽이 물개 같소! 그란께 나가 물개는 풀어주었지."

그들은 누가 먼저랄 것 없이 인공호흡을 실시한다. 사뭇 격렬하다. 황견은 그녀를 덮쳐누르곤 입안에 고인 침을 꿀꺽 삼킨다. 얕고 깊게, 끈덕지게 달라붙는다. 숙희가 으스스 몸을 떤다. 찰싹찰싹 자갈밭을 핥으며 부서지는 파도 소리에 물개 울음소리가 불끈불끈 피어오른다. 그때 여명처럼, 솟아오르는 물체가 바다 위로 떠오른다. 황견은 눈꺼풀을 들어 올려 바다를 응시한다. 수놈 물개가 춤을 추기 시작한다. 야릇한 포즈를 취하며 서로 밀고 당기는 몸짓이 이어진다. 수컷의 허리가 활처럼 휘어진다. 허리 놀림이 노골적이기도 하고 때론 진지하기도 하다. 그는 물개의 춤이 경이롭지 않냐는 표정으로 어깨를 으쓱해 보인다. 그녀가 아랫입술을 들어 올리며 한마디 한다.

"염병! 개 풀 뜯는 소리는 여전허당께!"

그래서 바다로 갔다

한낮 햇살이 녹아 흐른다. 여름이 깊어진 모양이다. 당신은 침침한 눈으로 포구를 휘둘러본다. 소일거리 삼아 낚시라도 하라며 딸이 마련해준 조그만 배를 보름 전에 팔고 그물코 끼우는 일을 하고 있다. 그것도 눈이 가물가물하여 어림짐작으로 그물 망을 보수한다. 시간도 계절도 더 이상 종잡을 수가 없다. 다만 사계절을 어림짐작할 뿐이다. 한여름에도 바닷바람이 뼛속을 시리게 하는 것이 그나마 신통치 않다.

"이제는, 정말로 목숨 끈을 놓아야 할 텐데."

당신은 검버섯이 무성한 손가락을 꼽으면서 나이를 센다. 이 년 전 아흔을 살다 친구가 저승으로 갔으니까, 어림잡아도 아흔 은 이미 넘어섰다. 당신은 한숨을 내지르며 포구로 눈길을 돌린 다. 선착장을 들이받는 파도가 사나워지고 있다. 뱃고동 소리 가 바람에 흩날리는 것이 무슨 비명 소리 같다. 이런 날이면 아들이 파도 속에서 허우적이던 모습이 자꾸 눈앞에 어른거려 가슴이 아파온다.

'아버지! 발목에 그물이 걸렸어요. 들어오면 안 돼요!'

아들은 어려서부터 집 앞 개울물에 종이배를 띄우고 혼자서 곧잘 다짐하곤 했다. 이다음에 크면 선장이 되어 오대양에서 참치 떼를 잡는 어부가 되겠다고. 그러던 아들이 스무 고개를 지날 무렵 세상을 앞질러 떠났다. 바다란 그랬다. 아들놈의 목숨을 섬뜩한 냉기로 거두어 갔다.

당신은 끄응, 소리를 내지른다. 척추를 타고 흐르는 냉기도 냉기지만 선착장을 들이받는 파도 소리가 마음에 걸려 발길을 돌린다. 선술집이 눈에 들어온다. 지난 초가을에 선술집 여자와 오동도로 나들이 갔던 일이 떠오른다. 어버이날이라 대부분의 노인들이 자식들을 따라 외식을 나간 날이었다. 당신은 그녀에게 가까운 오동도에 갔다 오자고 했다. 여자는 눈을 찡긋하며 데이트 신청하는 거예요, 하며 활짝 웃었다. 당신은 소년처럼 얼굴을 붉혔다. 그녀는 그날 당신에게 속내를 드러냈다.

"요즈음 세상에 효자 구경하기 힘들다는 말을 들은 적이 있지만 내가 그리될 줄은 꿈에도 생각 못 했어요. 남편을 일찍 떠나보내고 일당 잡부며 선술집을 하며 애들을 키웠어요. 근 삼십 년을 식당 종업원, 생선 공장, 선술집, 공사판을 전전했지요. 두

아들 대학 졸업시키고 결혼까지 시켰는데, 큰 애가 내 앞으로 된 아파트에 욕심을 내더군요. 몇 번 조르기에 나중에 주마 했죠. 하루는 밤이 이슥했는데, 어디 꼭 가볼 데가 있다더군요. 멋모르고 따라갔지요. 요양원이었어요. 세상에 아들이고 뭐고, 뺨을 올려붙여 주었어요. 얼마나 울화가 치미는지 입이 돌아갈 지경이었어요. 품 안에 있을 때 내 자식이지 다 필요 없어요."

당신은 여자의 좁은 어깨에 팔을 둘렀다. 가냘픈 어깨가 가만히 들썩였다. 그녀는 눈가에 눈물을 그렁그렁 매단 채, 화사하게 피어난 동백꽃을 바라보며 예쁘다, 예뻐, 하며 감탄사를 터뜨렸다. 천생 여자였다. 그녀는 당신이 마흔 살에 만났던 아내처럼 정이 많다. 고희를 넘긴 나이지만 마음만큼은 기운이 펄펄 끓는 이십 대 청춘이다. 그것도 죽은 아내와 닮았다. 물때 따라, 고기 마리 따라, 바다에 떠 있는 동안, 아내는 아들을 낳았다. 세상을 다 가진 것보다 행복했다. 불확실한 미래에 대한 걱정, 짐작 못 할 충동, 쓸쓸한 심사도 모두 사라져버렸다. 미래가 짐승처럼 성질머리를 부려도 상관없었다. 아내에게 사랑한다고 말해주진 못했지만, 당신의 마음을 이해할 것이라 믿었다.

아뜩한 현기증이 밀려든다. 온몸의 기력이 다른 세계로 빨려 들어가 버린 것 같다. 의사가 말했다. 환청이 들리고 쉽게 지치는 원인은 정신이 쇠약해진 탓이라고. 당신은 한숨을 내쉬고 주변을 휘휘 둘러본다. 해양공원 산책길엔 수업을 끝낸 초등학생 몇이 지나간다. 책가방을 든 아이들의 어깨가 나란히 움직인다. 여자아이의 손에는 과자 봉지가 들려 있다. 열 살가량의 남자아이의 눈가엔 장난기가 반지르르하다. 작은 몸집에 까만 머리칼이 뒷목까지 길어 언뜻 보면 여자아이처럼 예쁘장하다. 사내아이가 여자아이 손에 들린 과자 봉지를 낚아챈다. 여자아이가 펄쩍펄쩍 뛰며 소리를 지른다. 마음 같아서는 녀석의 머리통을 몇 대 쥐어박아 주고 싶다.

당신은 딸을 떠올린다. 갓 걸음마를 시작하던 때에 딸이 되어 준 정미가 보고 싶어진다. 아내가 전남편 사이에서 얻은 딸이다. 남들이 혹 덩어리라 불렀지만 딸년이 어쩌다 눈물을 보이면 그 눈물을 혀로 다 닦아주었다.

당신은 노을이 붉게 부서져 내리는 선술집으로 들어선다.

"어머! 할아버지! 어서 오세요. 몸은 좀 어떠세요?"

"안 죽고 사니깐 그쪽도 보고 하잖아."

당신은 파란 플라스틱 의자에 엉덩이를 내려놓으며 술을 청한다. 작은 새우와 꼴뚜기들이 풍성한 해풍을 빨아들이느라, 대야 속에서 몸을 흔들어댄다. 여자는 연탄불 위 장어를 뒤집으며 흥얼거린다. 참 심성이 맑은 여자다. 당신은 소주병을 들고 컵에 따른다. 소주가 식도를 타고 넘어간다. 빈속이라 위장이 쓰려온다.

"할아버지, 안주 나오면 드세요. 아이고! 이놈의 노을 좀 봐. 선술집 다 팽개치고 훌쩍 여행이나 떠났으면 좋겠다."

여자가 앞치마를 탈탈 털며 노을을 응시한다. 눈길이 그렁하다. 그녀의 표정에서 나른한 청춘의 비늘이 떨어진다.

"할아버지, 개가 알을 까는 세상이 오면 좋겠어요. 확 뒤집어지게. 아닌 말로 이대로 가다간 몇 개 남은 이빨도 다 빠질 거예요."

당신은 고개를 끄덕이며 주위를 둘러본다. 병모가지 입구에 자리한 선술집은 한산하다. 초저녁인 탓이다. 당신은 다소 편안해진 눈길로 바다를 더듬는다. 언제 몰려왔는지 갈매기들이 수면에 내려앉아 무언가를 쪼아 먹고 있다. 어장을 나갈 때, 갈매기 무리가 몰려들면 상서로운 징조다. 당신도 갈매기를 따라 그물을 풀곤 했다. 정확히 말하자면 그저 갈매기를 따라 고기 마리 잡는 시늉을 냈다. 모로 누운 파도가 이랑을 구기며 계속 비린내를 불어 올렸고 갈매기가 입질을 하면 그 입질 따라 그물을 풀었다. 비릿하고 정겨운 풍경이다.

갈매기가 날개를 퍼덕일 때마다 부리에 고기가 물려진다. 갈매기가 물끄러미 당신을 바라본다. 갈매기의 눈매가 아내의 눈매를 닮았다. 아내는 어장을 할 때마다 마치 비밀을 털어놓는 것처럼 의미심장하게 중얼거렸다.

"참 착한 녀석들이어요. 뱃사람들을 원망하거나 시샘하지 않아요. 우리는 갈매기 덕분에 고기 마리를 잡잖아요. 그런데 녀석들은 자기 몫을 요구하지 않아요. 사람들이 갈매기 반만 닮아도 좋을 텐데. 그렇죠?"

당신은 청포묵 같은 눈으로 갈매기를 빤히 응시한다. 순간, 팍팍한 서글픔이 밀려든다.

아내는 무남독녀였다.

뱃일을 하던 홀아비가 어장을 하다가 머리를 다쳤다. 그녀의 나이 열여섯, 꿈 많은 소녀였지만 아비 병 수발을 위해 포구에서 잡일을 거들었다. 그래야만 했다. 가난 속에서 자식을 먹이고 가르치느라 억세게만 살아온 아비였다. 그녀는 하루에 한 번 욕조에 더운물을 받았다. 아비는 목욕하는 걸 가장 좋아했다. 아비의 몸뚱어리는 탄력을 잃어 축 늘어져 있었고, 아랫배는 해파리처럼 흐물흐물했다. 평생 바다에서 정신과 육체를 다 소진해버린 아비는 욕조 밖으로 손을 내리고 말간 침을 흘렸다.

수술만 받으면 별문제가 없을 줄 알았다. 걸어 다닐 정도로 회복이 되었는데도 아비는 그녀를 위해 희생만 하던 예전의 가장이 아니었다. 무엇보다 그녀가 가장 견디기 힘든 건 하루 종일 졸졸 따라다닌다는 거였다. 그녀는 한시도 아비의 곁을 떠날 수가 없었다. 다시 수술을 받게 하고 싶었지만 너무 노쇠하여 수술 도중에 목숨 줄을 놓을 수도 있고, 설령 수술이 잘된다고 해도 회복 가능성은 희박하다고 했다. 의사는 공연히 수술을 해서 생명을 단축시킬 필요 있겠느냐며, 마음의 준비를 하고 기다리는 수밖에 없다고 말끝을 흐렸다. 그녀는 누워 있는 아비의 병실을 힐끔 쳐다보며 가슴팍을 꾹, 눌렀다. 같은 병실에 있던 간병인이 그녀의 등을 향해 혼잣말로 중얼거렸다.

"긴 병에 효자가 어디 있겠어. 그것도 혼자서 병든 아비를 돌보는 게 어디 쉽겠어. 아이고! 악취가 진동을 하네. 나이 들어 병들면 냄새까지 지랄이라니까."

여자는 병실 이곳저곳을 둘러보곤 더 이상은 못 해먹겠다며 혀를 찼다. 환자는 간병인 여자의 의도를 알아차리고 꾸깃꾸깃한 천 원짜리 몇 장을 내밀었다. 여자는 지폐를 받아 들고는 "얼굴이 많이 상했네. 하루빨리 돌아가셔야 가족들이 편할 텐데"라는 말을 남기고 서둘러 나갔다.

아비의 얼굴엔 땀방울이 돋아 있었다. 그녀는 수건으로 아비의 얼굴을 닦아내고, 아랫도리에 채워놓은 기저귀를 풀었다. 똥은 콜타르처럼 검고 진득했다. 기저귀를 끌러내고 아비의 항문을 물수건으로 닦아낸 뒤 파우더를 치고 다시 새 기저귀를 채웠다. 욕창이 생긴 부분엔 약을 바르고 거즈를 새로 대는 것도 잊지 않았다. 아비는 여전히 죽음처럼 깊은 잠에 빠져 있었다.

의사는 이렇게 말했다.

"아직도 환자가 살아 있다니 놀라워요. 이런 경우는 보름을 넘기지 못하거든요. 사람의 목숨이란 천차만별이라니깐. 보호자도 힘들지만 환자 본인에게도 고통스럽겠어요."

의사는 하루에 한 번 꼴로 왕진했고, 간호사들이 링거주사를 주기 위해 병실에 들렀다. 그때마다 "참으로 대단한 환자군요"라고 말하며 당혹감을 감추지 못했다. 그녀는 아비의 손등을 쓸어보았다. 혈액순환이 안 되는 아비의 마른 손은 얼음장처럼 차가웠다. 벌어진 입속에 누런 이빨 몇 개가 듬성듬성 들떠 있었다. 이빨도 몇 개 남아 있지 않았다. 아비가 힘겹게 눈꺼풀을 들어 올렸다. 그녀의 귓바퀴 언저리에 맥없이 내뱉은 아비의 음성이 들렸다. 그녀는 반사적으로 아비의 입술에 귀를 바짝 붙였다. 딱할 만큼 가녀린 목소리가 흘러나왔다.

"딸아! 내 딸아! 불행은 내가 다 짊어지고 갈란다. 더는 눈물 없는 세상에서 만나자."

아비는 작고 메마른 딸년의 두 손을 꼭 쥐고 뜬눈으로 생을 마감했다. 그날 밤 대숲 사이로 미친 듯이 불 지르던 달빛이 다 사윌 때까지 얼음처럼 차가운 아비의 주검을 붙들고 그녀는 서

릿발처럼 차갑게 울었다.

그 후, 스물일곱을 넘기던 해에 한 남자를 만나 살림을 시작했고 그 사이에 정미가 태어났다. 남편이라는 작자는 걸핏하면 외박과 폭행으로 그녀를 짓이겨놓았다. 그것만이 아니었다. 그 위인은 그녀보다 나이가 어린 도시풍의 여자와 바람을 피우기 시작했다. 여자는 키가 호리호리하고 얼굴이 예쁘장한 데다가 볼우물 두 개가 깊이 파이도록 잘 웃곤 하던 이웃 동네 여자였다. 그녀는 가슴을 치며 도리질을 했지만 그들을 떼어놓을 수 없었다. 남편은 그녀에게 끊임없이 돈을 요구했고, 서랍 속에 넣어두었던 아이 분유 값마저 가져갔다. 한 번만, 이번이 마지막이라고 항상 그렇게 말하곤 모조리 가져갔다. 그것도 모자라 동네 계원들에게 선물을 주고 급전이 필요하다며 곗돈을 끌어들이고 빚까지 얻었다. 이왕 갚지 않을 거 비싼 이자 준다고 속이고 몇백만 원씩 빌린 뒤 그녀와 딸을 두고 도시풍의 여자와 자취를 감추어버렸다.

모든 게 끝이었다. 차라리 작부가 되어 함부로 몸을 굴리고 싶었다. 화냥년도 좋고 더러운 잡년이어도 좋았다. 하지만 딸이 품에 안기어 배시시 웃고 옹알이를 하는 것을 볼 때마다 마음을 다잡았다.

그녀는 정미를 업고 포구에서 닥치는 대로 생계를 꾸렸다. 더러는 쓴 커피 한 잔으로 쏟아지는 잠을 몰아내고 불어터진 라면으로 헛헛한 위장을 달랬다. 그렇게 억척스러운 아낙네로 변해 갔다. 당신도 인생의 대부분을 포구와 바다에서 보냈다. 얄팍한 봉투에 조금의 수당을 더 보태기 위해 물수리처럼 야간작업을 하고, 보다 나은 내일을 위해 핏발 선 눈으로 그물을 털었다. 일을 마치면 단칸 지하 셋방에서 웅크리고 잠을 청했다. 그렇게 한 세월을 보냈고 어김없이 따스한 봄날이 찾아왔다.

당신은 사려 깊은 말투를 구사하는 여자를 포구에서 만났다. 당신은 독하게 여미고만 살았던 마음의 빗장을 풀었다. 당신이나 여자나 삶의 허기에 지쳐 있기는 마찬가지였다. 그녀는 분명 괜찮은 여자였다. 그녀는 당신의 도움으로 어렵게 시작한 잡부일을 그만두고 그물코 끼우는 일을 배웠다. 당신들은 만난 지 얼마 안 되어 생활을 함께했다. 하긴, 그녀도 지리멸렬한 삶에 차이며 살아왔다. 유리 구두를 받쳐 든 왕자를 꿈꾸던 소녀에서 아비의 병 수발을 들고 성질머리 사나운 난봉 기질을 가진 남자와 살면서 풀 죽은 한숨을 내쉬었다. 때로는 섣부른 결혼 생활에 진저리를 치기도 하고, 더러는 병든 물새처럼 풀썩 무릎이 꺾이기도 했다.

당신은 눈을 질끈 감고 머리를 가로젓는다.

"갈 때가 된 모양이야. 자꾸 죽은 아내 생각이 나고 말이야."

이렇게 싱그러운 빛이 쏟아지는 바다를 두고 생을 마감하기란 그리 쉬운 일이 아니다. 선술집 여자가 안주를 내놓는다.

"할아버지 술값은 받지 않을 테니 천천히 드세요. 참! 병모가지 철수 알지요? 감 선장님 아들. 어제 바다에 뛰어들어 자살을 시도했나 봐요."

"그 말이 무슨 말이야. 철수 그놈이 목심을 끊으려 했다고?"

"예. 서울에서 내려온 여자하고 눈이 맞아 살림을 차린 모양인데, 그년이 도망을 갔나 봐요. 배운 것도 변변찮은 늙은 노총각이 무엇이 좋다고 붙어 있겠어요. 뻔하지요. 그 썩을 년이 홀랑홀랑 돈을 다 빼먹고 나서는, 서울에서 사귀던 애인한테 가버렸나 봐요. 철수는 술만 죽탕 나게 퍼마시다가 아버지 미안합니다. 먼저 갑니다. 하곤 유언장인가 뭔가 한 장 남기고 술기운에 바다에 몸을 던져버렸나 봐요. 마침 어장을 풀고 돌아오던 뱃사람들 눈에 띄어 병원으로 옮겼는데, 살 가망이 없나 봐요."

당신은 몸이 떨려온다. 여자는 도마에 올려놓은 오이를 썰며 철수 이야기를 쏟아낸다.

"감 선장님은, 썩을 놈, 오살할 놈, 짐승보다 험한 놈, 쌍욕만 퍼부었대요. 아들놈 몸뚱어리를 붙들고 말이어요. 하긴, 금이야 옥이야 키운 자식 놈이 그렇게 송장이 되었는데 감 선장님 마음이 오죽했겠어요."

　여자는 퉁퉁 불은 시신을 앞에 두고 있기라도 한 듯 몸서리를 친다. 당신은 주변을 둘러본다. 오래전부터 그 풍경에 익숙해 있던 것들이 흑백필름처럼 천천히 돌아간다. 파도가 하얗게 부서져 내려앉을 수가 없어선지, 갈매기 한 마리가 두 날개를 쭉 펴고 잠시 숨을 돌리고 있다. 당신은 남은 소주를 마저 마시고 자리에서 일어선다.

　"잘 마셨어."

　"술값 걱정 마시고 술 생각 나면 언제든지 오세요."

　"염치가 있지. 어떻게 그래. 말만이라도 고마워."

　당신은 꾸깃꾸깃한 돈을 내민다. 여자가 손사래를 친다.

　"그냥 받아. 그래야 또 오지."

　여자는 앙상하게 뼈만 남은 당신의 손을 꼭, 그러쥔다. 그녀의 손도 나무껍질처럼 거칠고 메마르긴 마찬가지다. 여자에게도 풋풋하고 싱그러웠던 시절이 있기나 했을까 싶게 까칠한 손은 검버섯으로 얼룩져 있다. 당신은 거친 숨을 내쉬곤 걸음 한다. 병모가지 길은 더욱 비탈지고 어두워져서 바다로 기울어진다. 당신의 눈빛엔 한평생 어부로 살아온 고달픔이 묻어 있다.

　허름한 집이 보인다. 조그마한 기둥과 얇은 판자를 쌓아 올린 틈새로 황토 흙이 덕지덕지 발라져 있다. 집도 나이를 먹는 것은 어쩔 수 없어 갈라지고 기울어져 있다. 오랜 세월, 시간과 싸워온 흔적들이다. 집은 희망과 절망, 새 생명의 탄생과 죽음도 지켜봤다.

당신은 싸리문을 열고 방으로 들어선다. 잠시 망설이다, 수화기를 들고 숫자를 또박또박 누른다. 금방이라도 딸 목소리가 튀어나올 것만 같다. 길게 벨이 울린다. 당신은 귀에다 수화기를 바짝 붙이고 기다린다. 하지만 전화통 속에선 신호음만 일정한 간격을 두고 울린다. 수화기를 내려놓는다. 딸년과 통화를 하지 못한 것이 못내 마음에 걸린다. 당신은 서운한 마음을 접어두고 병원으로 걸음 한다.

"병모가지 감 선장 아들이 자살을 시도해? 철수 그놈이."

당신은 자꾸 거칠어지려는 호흡을 가다듬으며 지그시 억누른다. 코끝을 스치고 지나가는 해감내가 미풍에 묻어 와 병모가지 감 선장과 젊었을 때 뱃일을 했던 일이 떠오른다.

신문과 방송은 연일 A급 태풍이 북상하고 있다며 대비하는 요령을 방송했다. 당신은 바다에 풀어놓은 어장에 농어 떼가 걸려들었을 것이라는 것을 직감으로 알았다. 태풍이 본격적으로 몰려오면 이 주 이상 바다로 나가지 못할 터이고, 고깃값은 금값이 될 터였다. 선착장은 폭우와 바닷물로 침수 직전이었다. 무수히 많은 물새들이 바람을 타고 달아났다. 그래도 어장만 거두어 올 수 있으면 큰돈을 벌 수 있다는 생각이 들었다. 당신은 수탉같이 홰를 치는 시푸른 파도를 뒤로하고 병모가지 감 선장 집으로 걸음 했다.

"감 선장? 어장 거두러 가자! 그물만 올리면 농어 떼가 가득 들어 있을 거야. 너에게 삼십 프로 떼어줄게."

감 선장은 벌떡 몸을 일으켜 세웠다. 잘만 하면 반년 생활비를 벌 수 있는 금액이었다. 당신과 감 선장은 사나운 파도를 헤치고 바다로 갔다. 그물을 끌어 올렸다. 농어 떼가 꽉 차 있었다. 만선의 깃발을 날리며 선착장으로 들어왔다. 중매인 한 사람이 급하게 당신을 찾았다.

"내가 일 킬로에 이천 원, 그러니까 마리당 이만 원 줄게! 어때? 전량 넘겨."

어림잡아 농어 값이 오천만 원은 족히 넘을 것 같았다. 감 선장의 얼굴에도 생기가 넘쳐흘렀다. 당신은 감 선장 손에 이끌려 술집으로 갔다. 목이 터져라 신명 나게 목청을 올렸다. 참으로 오랜만에 추어보는 춤이었다.

다음 날 이른 아침이었다. 지난밤의 과음으로 충혈된 눈을 비비며 판장으로 발걸음을 재촉했다. 항구는 텅 비어 있었다. 태풍이 잠시 주춤하자 수백 척의 어선들이 서둘러 바다로 나갔고 선착장은 조그만 배 몇 척만 남아 있었다. 당신은 마리당 이만 원을 주겠다던 중매인을 찾아 나섰다. 삼십 분 정도 찾아 헤맨 끝에 중매인을 만났지만 그는 두 손을 내저었다. 조금만 더 시간을 달라는 것이었다. 저녁 무렵 한 척 두 척 선착장에 배들이 모여들기 시작했다. 포구 방파제엔 고깃배들이 잡아 온 생선들로 발을 들여놓을 틈이 없었다. 생선값은 시간이 흐를수록 떨어졌다. 당신은 할 수 없이 경매에 붙였다. 마리당 오천 원에 가격이 결정되는 듯싶었다. 중매인들의 농간도 있었지만 어쩔 수 없는 노릇이었다.

"마리당 오천 원? 거저먹어라. 도둑놈들아!"

술기가 완연한 감 선장이 경매장으로 뛰어들어 중매인의 얼굴을 후려갈겼다. 두 사람이 엎치락뒤치락 멱살을 잡고 뒹굴었다. 그의 소란으로 경매는 두 시간이나 지연되었고 중매인들이 자리를 뜨고 말았다. 감 선장은 술기운과 화를 이기지 못하고 실신해버렸다. 급한 마음에 마리당 삼천 원에 처분했다. 당신은 그때 일을 생각하곤 끙, 하고 소리를 내지른다.

"그깟 돈이 무어라고. 앞뒤가 막히고 욕심 많은 감 선장이 얼마나 애간장을 태울까?"

당신은 복도 끝을 따라 철수가 입원한 병실로 들어선다. 창가에 앉아 있던 감 선장이 초점 없는 시선을 허공에 던지고 있다. 당신이 옆으로 다가가 엉덩이를 걸치고 앉아도 인기척을 느끼지 못한다. 노을이 병실 침대까지 올라와 눈부신데 감 선장의 눈에선 한기가 느껴진다. 그의 손을 꼭 잡아준다. 힐끗 돌아다 본 감 선장 눈에 금세 눈물이 가득 차오른다.

"이렇게 허망한 일이 또 있을까요. 세상에 여자가 하나뿐입니까. 내 아들을 이렇게 만든 그 썩을 년보다도 아들놈이 더 미워요. 이놈을 어떻게 키웠는데. 내 가슴에 대못을 꽝꽝 박아버렸어요. 이 나쁜 자식은 아들도 아니지요. 썩을 놈의 새끼!"

감 선장은 험악한 말을 뱉으면서도 아들의 손을 꼭 부여잡고 있다. 철수는 산소호흡기에 의지한 채 가느다란 숨을 힘겹게 내쉰다. 그의 서늘한 눈빛 때문에 아들놈의 죽음이 생각난다.

옛날 아비의 아비들이 살던 때에도 그런 일은 종종 일어났다. 바다는 바닷사람들의 가슴을 미어지게 만들고, 끊어질 듯 이어지는 목숨들을 들었다 놓았다 하곤 했다. 보름달 사리 물이 차오를 때쯤이면 바싹 마른 입술에 술을 부어 타는 애간장을 사르게 만들고, 더러는 연신 싱글거리게 고기 떼를 안겨주곤 했다. 언제부터 섬으로 사람들이 들어와 살았는지 모르지만 갯가 사람들은 섬에 말뚝을 박고 살았다. 어떤 이는 배를 팔고 섬을 떠났지만 대개는 옴팡진 씨암탉처럼 눌러 살았다. 하긴, 해풍을 쏘이다 보면 조그만 해초 하나에도 마음은 달맞이꽃처럼 젖어들었다. 배를 타고 넓은 바다를 달리다 보면 내 편히 쉴 곳이 섬이구나, 라는 생각이 들곤 했다. 아마도 바다에서 살다 간 사람들 대부분이 그렇게 살다 갔으리라.

감 선장도 백발이 다 되어 있다. 반쯤 넋이 나간 모습으로 눈물을 훔치던 그가 긴 한숨을 내뱉는다. 눈에 한기가 서려 있다. 그 한기 속에 아들놈에 대한 사랑과 미움이 서려 춥게 보인다. 당신은 그의 손을 지그시 쥐어준다. 철수는 산소호흡기에 의지한 채 힘겨운 숨을 쉬고 있다. 병실 문이 열린다. 뱃사람 손에 조그만 꾸러미가 들려 있다.

"할아버지도 와 계셨어요?"

"어서 와요."

당신은 손님을 맞은 주인처럼 고개를 숙여 보인다. 감 선장 아들놈을 구해준 수고에 대한 예의이기도 하다. 뱃사람이 바짝 다가앉는다.

"세상에 뜻대로 되는 일이 얼마나 있겠어요. 자식 키우는 일은 전쟁이지요. 철수는 워낙 건강했으니까 며칠 지나면 벌떡 일어날 거예요. 마음을 편히 가지세요."

"가슴이 터질 것 같아! 가슴이 터져! 아이고! 울화통이 치밀어 못 살겠어."

한숨을 길게 내쉬던 감 선장은 숨이라도 막히는 듯 가슴을 친다. 열 달을 기다려 입덧과 산통을 이겨내고 새로운 생명을 세상에 내어준 아내에 대한 미안함도 묻어 있다. 네 발로 기어 다니고 배시시 웃어주는 아들놈이 눈에 아리고 박혀, 무섭고 독한 바다와 대거리를 했고, 세월과 싸워왔다. 그런 감 선장의 마음이야 오죽하겠는가. 당신은 그의 등짝을 쓸어준다.

"그래. 감 선장 마음 내가 알지. 가슴이 삭아 내릴 거야. 암."

당신은 쓸쓸한 시선을 창문 너머로 던진다. 해가 지고 있다. 해 질 녘의 햇살이란 그 순간만큼은 아주 오래도록 머물러 있을 것 같다. 병원 잔디밭에 널려 있는 잡초들이 눈부시게 빛나면서 스스로의 모습을 더욱 또렷하게 만든다. 너무 또렷해져 버려 그것들도 마치 사람처럼 어디 먼 길을 떠나려 준비하는 듯 보인다.

철수 옆에 엎드려 있던 감 선장이 몸을 일으키다 말고 넘어진다. 뱃사람이 그의 몸을 부축하며 묻는다.

"많이 아파요? 진통제라도 놔달라고 할까요?"

감 선장은 구부정하게 허리를 숙이곤 손사래를 친다. 뱃사람의 머리카락도 허연 비늘이 내린 듯 은빛이다. 감 선장은 두 손으로 침대 모서리를 짚고 슬리퍼를 찾는다. 뱃사람이 침대 밑에서 냉큼 슬리퍼를 찾아 발에 끼워준다. 병실 침대마다 환자들이 누에고치처럼 몸을 웅크리고 누워 있다. 기저귀를 찬 채 앙상한 다리를 드러낸 노인이 흐릿한 눈빛으로 바다를 응시한다. 노인의 삭정이 같은 팔 위로 링거병이 매달려 있다. 고사 직전이다. 수액을 달고 있는 정원의 나무와 다를 바 없다. 당신은 자신의 일인 양 가슴이 아파온다. 당신도 소일거리 삼아 뱃일을 하러 나갔다가 허리를 다치는 바람에 통증에 시달리고 있다. 당신은 정미와 통화를 못 한 게 마음에 걸린다.

당신은 고향인 까치섬으로 갈 생각이다. 고깃배 주인과 선착장에서 만나기로 했다. 한때 당신이 부리던 고깃배이기도 하다. 이렇게 작은 고깃배가 또 있을까, 하는 생각이 들 정도로 조그마하다. 하지만 까치섬에 가면 항상 만선이었다. 복이 온다는 의미에서 까치섬인지, 까치가 많이 산다고 까치섬이 되었는지는 모른다. 아비의 아비, 할아비의 할아비 때부터 그렇게 불리었다. 그랬다. 아비의 아비들은 단호한 믿음 하나로 두 눈을 번뜩이며 그물코를 보수했다. 아무리 바다에 먹을 것이 없어도 한굽이 물결이 몰아치면 고기들이 까치섬 주변에 씨를 뿌리고 생명을 잉태했다. 아비들은 바다에 시퍼런 금이 설 때까지 기다리다 그물을 풀었다. 그때마다 그물 가득 고기 떼가 들어섰다. 까치섬은 언제나 만선을 주었다.

당신은 병원 출입문을 열고 나온다. 해는 기울어 어두워지고 있다. 당신은 어두워진 바다를 보며 간절한 소망의 말들을 쏟아낸다.

"데리고 가려면 나를 데리고 가시오. 감 선장 아들은 살려주시구려. 부디 부탁합니다. 철수야! 목심 끈을 놓지 말거라."

당신은 바다를 뒤로하고 언덕길을 오른다. 숨이 턱까지 차오른다. 당신은 길게 호흡을 내쉬곤 끙, 하고 숨을 내지른다. 나지막한 언덕배기 위에 있는 허름한 집이 보인다. 당신은 마당으로 들어서기 무섭게 그물을 집어 든다. 대나무 두 개를 노끈으로 묶어 양쪽으로 팽팽히 잡아당긴다. 바늘에 십 미터 정도 되는 가는 줄을 매어 감친다. 그물코에 가는 줄 세 개를 맞대어 매어주고 다시 굵은 줄을 감친다. 그러곤 혼잣말로 중얼거린다.

"자식 놈이 그물에 걸렸을 때 내가 뛰어들어 아들놈을 살리고 죽었어야 했는데. 이놈의 그물이 아들을 죽이고 또 산 사람 입에 풀칠을 해주고. 이것이 무엇인데 이렇게 사람 애간장을 태울까?"

당신은 마당을 가로질러 포구로 걸음 한다. 수많은 계단 아래로 잔디가 심어진 포구 마당이 보인다. 그 주변으론 선술집이 사오 미터 간격으로 늘어서 있다. 선술집 앞에는 파란 플라스틱 의자가 네 개씩 놓여 있다. 뱃사람들은 그곳에 앉아 술을 마시거나 담소를 나눈다.

선술집 여자가 파라솔 하나를 차지하고 앉아 있다. 그녀의 자식들은 한 달에 한 번씩 꼬박꼬박 선술집을 찾는다. 아들놈 둘

70

이 있는데 같은 날짜에 온 적은 한 번도 없다. 어쩌다 같은 요일에 오더라도 함께 오는 법이 없다. 하나가 왔다 가면, 몇 시간 후 다른 자식이 나타난다. 그 기이한 풍경의 수수께끼는 다름 아닌 돈 때문이다. 자식들은 서로 잘 보여 유산을 더 받기 위해 서로 감정싸움을 벌인다. 그녀는 세상인심을 누구보다 잘 알고 있다. 아들자식 둘을 키우고 분가시키느라 자그마한 땅을 팔고 적금을 해약했지만, 아파트 한 채와 목돈은 움켜쥐고 있다.

　당신은 경사진 길을 내려간다. 바람 한 자락이 불어와 옷깃을 파고든다. 바람은 따듯하지만 등줄기에 소름이 돋는다. 눈을 들어 바다를 바라본다. 물때가 바뀌는 시간이라 이랑이 흰 거품을 매단 채 밀려든다. 작년 여름에 겨울만 넘기고 까치섬으로 떠나자고 다짐했지만 두 번의 여름을 항구도시에서 보냈다.

　당신은 간신히 구색만 갖추고 있는 통나무집 앞에서 걸음을 멈춘다. 손에는 조그만 가방과 그물이 들려 있다. 당신은 고개를 들어 주위를 둘러본다. 통나무집은 쓰러질 듯 기울어져 있고, 그 옆으로 조그마한 텃밭이 붙어 있다. 당신은 까치섬에서 많은 죽음을 보아왔다. 터울 지게 태어난 형제들이 앞서거니 뒤서거니 목숨을 놓아버렸고, 솜사탕 같은 아들이 가고, 아내마저도 까치섬에서 물질을 하다 세상을 앞질러 떠났다. 해초 같은 목숨을 미역 넝쿨이 감싸듯 모조리 싸고 가버렸다.

당신은 가지고 왔던 그물을 펼치고 그물코를 끼운다. 노끈을 매듭짓고 다시 줄을 매어 감친다. 그물이 모양새를 갖추어간다. 몇 차례 울부짖던 물새들이 소란을 피운다. 발정기인 탓이다. 신출내기 녀석이 싸움을 건다. 신출내기의 위협에도 불구하고 덩치 큰 녀석은 빠른 동작으로 신출내기의 가슴살을 부리로 쪼아댄다. 꼼짝없이 당한 신출내기가 목 위로 세웠던 깃털을 내리고 항복의 표시를 한다. 녀석은 허연 살이 보일 때까지 신출내기의 가슴팍을 마구 쪼아 구석으로 몰아붙인다. 당신은 살벌한 광경에 막대기를 두드려댄다.

"이놈들아! 뭐하러 싸워! 그놈의 서열이 뭐가 그리 중요하다고. 하긴, 사람이나 짐승이나 뜨거운 피가 문제긴 하지. 그것도 다 한때이지만 말이야."

당신의 고함 소리에 물새들이 날개를 펼치고 허공으로 날아오른다. 신출내기 물새가 사지를 축 늘어뜨리고 있다. 깃털 사이로 빨갛게 핏물이 흘러나온다. 당신은 딸이 사준 손수건을 꺼내 덮어준다. 그 위로 여름 햇살이 물결처럼 일렁인다.

"양지바른 곳에 묻어주마. 그리고 다음에 다시 태어나걸랑 저승길을 재촉하는 생명으로 태어나지 마라. 차라리 물이나 바람이 낫지."

당신은 딸이 주었던 손수건을 물끄러미 내려다본다. 딸 목소리라도 듣고 오지 못한 게 못내 마음에 걸린다. 당신은 짠물에 절어 살지 말라고 딸을 뭍으로 보냈다. 방학 때 섬에 와서 비린내 풍기는 당신을 부둥켜안고 아빠 사랑해요, 라고 속삭여준 정미가 마냥 사랑스러웠다. 방학이 끝나고 뭍으로 떠날 땐, 배가 보이지 않을 때까지 당신과 아내는 바닷가에 발을 들고 서서 한 땀씩 멀어지는 딸을 보고 눈물을 훔쳤다. 그렇게 딸이 뭍으로 떠날 땐 얼마나 가슴이 싸르락거리던지. 그리고 잘 도착했다고 또박또박 쓴 편지를 볼 때마다 어찌도 대견스럽던지. 딸이 되어준 정미가 고마울 뿐이었다.

당신은 딸을 시집보내던 일이 떠오른다. 섬에서 배를 타고 뭍으로 나와 버스로 서울까지 가기란 쉬운 일이 아니었다. 섬에서 가기란 워낙 먼 거리인 데다가, 어장을 내팽개치고 결혼식에 참석하기란 여간 어려운 일이 아니었다. 하지만 딸 결혼식 날 당신은 무척 실망했다. 전세 버스엔 친척들과 하객들 모두 합쳐 열 명이 되지 않았다. 전날 같이 가기로 했던 친구들도 보이지 않았다. 한참을 가는데 전세 버스가 스르르 멈추어 섰다. 당신은 얼른 시선을 차창 밖으로 돌렸다. 아들을 앞세운 감 선장과 뱃사람들이 손을 흔들며 길모퉁이에 서 있었다. 그때 그들이 얼마나 고맙던지. 하객들과 함께 서울에 도착했고, 예식장 안으

로 들어섰다. 청첩장을 받고 달려온 친척과 친지들로 예식장은
꽤 붐볐다. 신랑과 나란히 선 딸이 너무도 대견스러웠다. 아내
는 한참을 울먹였다.

"울긴 왜 울어, 이 좋은 날에."

아내는 두 눈을 곱게 흘기며 고맙다고, 정말 고맙다고, 당신
의 손을 꼭 쥐어주었다. 당신의 핏줄은 아니지만 친딸처럼 사랑
으로 키운 아이였다. 예식을 마치고 섬으로 돌아오던 날, 당신
은 아내와 함께 딸년의 행복을 얼마나 빌었던가.

"그래. 내 딸 정미는 좋은 사람 만나 잘 살고 있으니까 되었
지. 뭘 더 바래."

당신은 부엌으로 들어가 물 한 잔으로 밥을 대신한다. 부엌
중앙엔 무쇠로 만든 커다란 가마솥이 놓여 있다. 부엌을 볼 때
마다 이승과 연을 끊었던 어미가 생각난다.

당신이 어렸을 적, 어미는 가마솥에 물을 데워 백태 같은 때
를 밀어주곤 했다. 명절 때면 꼭 그렇게 목욕을 시켜주었다. 어
느 해 여름이던가. 어미는 바닷가에 몸을 웅크린 채 쓰러져 있
었다. 몸이 허약해진 데다 땡볕이 내리쬐는 갯가에서 오랜 시간
갯것을 뜯은 것이 화근이었다. 어미는 집으로 들어와 경직된 근
육이 덜 풀린 얼굴로 어린 당신을 보며 애써 웃음 지었다.

"어구 내 새끼. 많이 놀랐지? 어린 너를 두고 먼저 갈 것 같다.

나는 너를 보고 있으면 어떤 일도 힘들지 않았다. 아들아! 너는 이 어미의 목숨이다. 나를 바다에 묻어. 아들아! 잘 살아야 해."

어미는 손가락으로 밖을 가리켰다. 시푸른 바다가 한눈에 들어왔다. 어미는 꺼칠한 손바닥으로 당신의 손을 오래오래 쓸어내리곤 눈을 감았다. 동공을 비집고 흘러내린 눈물이 짓무른 눈가와 콧잔등에 촛농처럼 맺혀 있었다.

어미의 육신은 뼈와 가죽만 남아 처절하리만치 앙상했다. 장의사는 나무 막대처럼 뻣뻣한 어미의 몸을 알코올이 밴 거즈로 닦아냈다. 어미의 몸뚱어리는 쭈글쭈글하게 오그라져 있었다. 당신을 어루만지던 손과, 당신을 보고 웃음 짓던 어미의 얼굴은 장의사의 손놀림에도 무표정했다. 어미가 관 속으로 들어갔다. 당신은 어미의 손을 붙잡고 놓아주지 않았다. 손을 놓아버리면 심해로 빨려 들기라도 하듯 손을 놓지 않으려고 안간힘을 썼다. 어미는 세상에서 가장 넓은 바다에 묻혔다. 당신은 맥을 놓은 채, 안개로 뿌옇게 흐려져 있는 먼바다만 바라보았다.

일 년이 흘렀다. 눈썹달이 수평선에 걸려 있던 가을날이었던가. 먼 친척뻘 되는 사람이 찾아왔다. 잘은 모르지만 할아버지 이종사촌, 그러니까 당신과는 아주 먼 친척이었다. 같이 살자고 해 그를 따라갔다. 무엇보다도 사람 냄새가 그리웠다. 그렇게 더부살이 세월을 보내고, 기러기 한 줄이 싸륵싸륵 수수꽃을 가르면 계절이 바뀌듯이, 당신 또한 홀쩍 성년이 되어갔다. 하지만 당신은 또래들보다 훨씬 작아 보였다. 어느 해 봄날이던가. 동네 개가 컹컹 짖고 새벽닭이 한 집 두 집 울기 시작할 때쯤 아비가 찾아왔다. 그날도 아비는 술에 절어 있었다. 당신은 뼛속 물이 녹아 흐를 것 같은 감정이 복받쳐 왔다. 당신은 아비를 밀어내고 호롱불이 우련한 미닫이 창문을 열고 한 줌 눈물까지 풀어 울었다. 아비는 다음 날 새벽에 뒷담을 넘어 떠나버렸고 평생 술에 묻혀 살다가 그 술 때문에 죽었다.

당신은 한숨을 내지른다. 어미와 아비는 그렇게 포름한 향기를 남기고 떠나갔다. 구십 평생을 살았어도 어미와 아비를 떠올릴 때마다 동공에서 눈물이 비집고 나온다. 더러는 송곳에 찔린 듯 명치끝이 후끈하게 달아오른다. 당신은 어미의 향내를 그리며 살아왔다. 어미는 세상에서 가장 넓은 묘지에 잠들어 있다.

당신은 손수건으로 덮어놓은 여린 물새 수놈을 양지바른 곳에 묻어준다. 하늘을 향해 영혼이 빠져나갔으리라. 삶과 죽음의 경계 속에서 당신도 한때엔 물새였는지도 모른다. 무덤을 바라보는 당신의 표정은 현실에서 한발 비켜 선 듯 무심하다. 당신은 당신의 가족을 사랑했지만 한 번도 사랑한다는 말을 하지 못했다. 그런 가족들이 눈썹 두어 날 차오르는 정을 남기고 바다로 갔다. 당신이 가족을 머릿속으로 그리고 있는 순간에도 바다의 색깔은 변한다. 파도는 일정한 거리를 두고 밀려왔다 밀려간다. 일정한 거리를 유지한다는 것은 각각의 쓸쓸함과 가슴 서늘한 사연이 있기 때문이다. 멀리서 보면 그냥 잔잔한 푸른빛이지만, 가까이서 보면 하얗게 부서지는 이랑이 사는 집이다. 그런 바다를 헤치고 고기를 잡았고 많은 목숨을 바다에 주었다. 그 한을 눈물로 위안 삼았고, 그 눈물 끝을 따라가며 정붙이고 살았다.

바다 삶이란 그랬다. 황혼이 지는 날엔 술집에 눌어붙은 떼과부 울음이 사나운 파도를 잠재웠다. 그 울음이 시들해지면 바다로 나가 그물을 끌어 올렸다. 뱃사람들은 고기 마리를 걷어 올리며 구성진 가락을 풀어놓곤 했다. 떼과부, 홀아비 생살 타는 냄새에 이를 악물고 파도와 대거리하며 삶을 이어왔다.

당신은 시푸른 바다를 배경으로 떠 있는 낮달을 응시한다. 낮달은 누군가의 과거를 들춰내고, 약점을 이용해 뼈아픈 아픔을 주는 법이 없다. 아무리 화를 내도 빙그레 웃을 뿐이다.

당신은 어깨 위로 그물을 두르고 걸음 한다. 섬 구석구석에 피어 있는 파랗고 노란 꽃들. 늘 들어왔던 갈매기 소리. 그 사이로 흐르는 해풍에 가슴이 벅차오른다. 뼈마디가 욱신거리지만 즐거운 나들이다. 혼신의 힘을 다해 갯바위 절벽 위로 오른다. 당신은 알고 있다. 바다는 둥그런 해안선도 만들지만, 깎아지른 절벽도 만들어놓는다는 것을. 그것이 바람과 파도의 버릇인 것을. 당신의 동공에 기쁨 같기도 슬픔 같기도 한 파도가 비쳐든다. 까치섬엔 소나무 바람만 부는 게 아니다. 비릿한 해풍도 흐른다. 그 해풍 속에는 대패랭이 끝에 묻어 오는 한숨과 후드득 흐느끼는 연민, 운명에 대한 울화와 분노, 그것들이 집을 짓고 산다. 참 질펀한 삶이었다. 당신은 몸에 걸친 옷가지를 벗는다. 그러곤 그물 옷을 입는다.

"하나님! 부처님! 용왕님! 나에겐 너무 과분한 시간이었소. 내 육신을 돌려드립니다. 부디 감 선장 아들놈 철수는 좀 더 살게 해주시오."

낮달을 안고 넓게 펼쳐진 바다에 은빛 지느러미 하나가 꼬리를 길게 끌며 바닷속으로 깊이깊이 들어간다. 까치섬 앞바다에 빠져 떠돌던 아내와 아들이 바닷속에 비쳐 온다.

아틀란티스

1

하얀 물체가 달려들었다. 너는 깜짝 놀라 한 걸음 뒤로 물러섰다. 녀석의 푸른 눈동자가 유독 반들반들하게 불거져 있었다. 보기에도 섬뜩했다. 너는 숨을 죽이고 수면을 응시했다. 물속에서 검붉은 것이 떠올랐다. 놈의 이빨에 살점이 찢겨 나간 돌고래였다. 너는 잇새로 새어 나오는 신음을 지그시 억누르고 뒤돌아보았다. 남자가 농어 살점을 듬성듬성 썰고 있었다.

"선장님, 요괴 물고기가⋯⋯."

너의 말이 끝나기도 전에 잘린 고깃덩어리가 날아들었다. 이마를 정면으로 맞힌 농어 대가리가 발부리에 떨어졌다.

"요괴를 한 번만 더 들먹거리면 죽을 줄 알아. 알아들었어!"

남자가 눈알을 부라렸다. 농어 대가리에 얻어맞은 이마가 벌

젖게 달아올랐다. 너는 어금니를 악물었다.

"정말, 요괴 물고기가 나타났어요."

"그래도 이년이. 악마 새끼 밥이 되고 싶어 환장했어!"

남자의 얼굴이 험악하게 일그러졌다. 넌 남자와 눈을 맞추지 못했다. 그의 포악한 성질머리가 두려웠다. 남자가 도마에 식칼을 꽂고 갑판 난간으로 다가섰다. 그는 숨을 몰아쉬곤 수면을 응시했다. 요괴 물고기가 있던 바다엔 별빛만 쿨럭였다.

"이년을 그냥! 또 주둥아리를 놀려봐. 확 찢어버릴 테니까."

그가 너의 멱살을 틀어쥐고 입에 거품을 물었다. 너의 얼굴이 벌겋게 달아올랐다. 남자는 더 이상 어쩌지 못하고 괴로운 신음 소리를 토해냈다.

"미친년. 헛소리 지껄이지 말고 소주나 가져와."

넌 요괴 물고기가 모습을 드러냈던 수면을 내려다보았다. 이랑에는 진한 별빛이 크리스마스트리처럼 매달려 있었다. 그는 도마에 꽂혀 있던 식칼을 빼어 들며 미친 사람처럼 웃어댔다. 남자의 키득거리는 웃음소리가 너의 몸을 칭칭 동여매어 버리는 것 같았다. 넌 담담한 시선으로 별빛 가득한 바다를 휘둘러보았다. 물수리 한 마리가 끈 떨어진 추처럼 엄청난 속도로 수면을 향해 곤두박질쳤다. 부리에 물고기가 물렸다. 물고기는 방금 전까지만 해도 먹이가 되어 하늘을 날게 될 줄은 상상하지도 못했을 것이다.

'머무는 곳이 다르면 운명도 달라지는 걸까.'

남자는 바다에 머문 대가로 인조 발목을 달았다. 그때부터 눈빛이 변했다. 묘하게 일그러진 표정으로 바다를 노려보는 시선은 낯설었다.

너는 조심스럽게 냉장고 문을 열었다. 냉장고에는 여러 종류의 생선과 반찬이 썩어가는 중이었다. 뜻밖의 일이었다. 넌 반항은커녕, 남자와 눈 한 번 제대로 맞추어본 적이 없었다. 그가 성질머리를 부리면 한두 대쯤 맞아주거나 그냥 무조건 잘못했다고 빌었다. 네가 할 수 있는 최선의 선택이었다. 그 대신 곰팡이 꽃이 핀 음식물을 계속 방치했다. 변질되어가고 있는 것들을 두고 볼 심사였다. 너는 부패된 냄새를 맡으며 썩어가는 남자의 다리를 떠올렸다.

그가 처음부터 난폭했던 건 아니었다. 요괴 물고기에게 발목을 잃고 난 뒤부터였다. 처음엔 아주 가끔 무섭증으로 이성을 잃거나 그 두려움을 잊기 위해 술을 마셨다. 시간이 흐를수록 정신 상태가 흐릿해졌다. 의사는 장기간의 음주로 인해 나타나는 일시적인 장애지만, 앞으론 환영이나 환청이 점점 더 심각해질 거라며, 입원 치료를 권유했다. 남자가 가진 돈은 전세 보증금뿐이었고 그가 잡아들이는 물고기로 생활을 간신히 유지할 정도였기에 입원은 엄두도 못 냈다. 남자는 술을 끊을 수 있다고 큰소리쳤다. 너는 그 말을 믿지 않았지만, 잘못 보였다간 고깃배에서 쫓겨날 수도 있다는 생각에 고개를 끄덕였다. 물론 그는 노력하는 기색을 전혀 보이지 않았다. 얼마쯤 예상한 일이었다. 얼마 지나지 않아 그는 점점 더 많은 환청과 환영에 시달렸고, 폭언과 폭력의 강도가 심해졌다. 그런 상황이 나쁘지만은 않았다. 미쳐가는 남자 덕분에 조타실에서 머무는 시간이 길어졌고, 먼바다로 고깃배를 몰 수 있었다. 정말이지 뱃머리를 들까불고 스스럼없이 항해하곤 했다.

너는 조타실 문을 살짝 열곤 남자의 눈치를 살폈다. 그의 눈알은 충혈되어 있었고 이마는 땀으로 번들거렸다.

"꼬라지 하고는."

남자가 씩씩거리며 소매를 걷어붙였다. 그는 농어를 기절시킨 다음 칼을 들어 단번에 대가리를 자르고 배를 갈라 내장을 훑어냈다. 녀석이 꿈틀대며 아가미를 들썩였다. 도마 위엔 잘린 농어 대가리와 검붉은 핏덩이가 널려 있었다. 남자는 아무 일도 없었다는 듯 술을 마셨다. 너는 눈을 크게 뜨고 농어회를 보았다.

"먹고 싶으면 먹어."

너는 뼈가 박힌 농어 살덩이를 우적우적 씹어 삼켰다. 입안에서 한가득 생선 가시가 쏟아져 나올 것만 같았다.

"한 잔 마셔볼래?"

남자가 술잔을 내밀었다. 너는 젓가락을 내려놓고 단숨에 잔을 비웠다.

"꽤 먹어본 솜씨네. 요나의 집에서 배웠어? 그래도 그년이 부어주는 술이 제일 좋았는데. 엉덩이도 실팍하고."

남자의 입에서 역한 냄새가 풍겨왔다. 그는 세상에서 가장 더럽고 추잡한 욕설을 수시로 내뱉었다. 놀라운 건 너의 침착한 태도였다. 온갖 더러운 욕설이 퍼부어질 때에도, 시퍼런 칼이 휘둘러지는 순간에도 당황하지 않았다.

그는 무엇이 그렇게 재밌는지 누런 이빨을 드러내며 키득거렸다. 세찬 칼바람이 불던 어느 날 '요나의 집' 주인 여자의 비릿한 웃음소리를 닮은 것도 같았다. 여자는 언제나 모호한 존재였다. 너와 나란히 걸음 할 때도 그녀의 그림자는 너의 것보단 훨씬 길었지만, 바람에 나부끼듯 달빛 아래 자꾸만 흔들렸다. 그때마다 아랫입술을 비틀어 올리곤 키득거렸다.

너는 자리에서 일어나 조타실 창문을 열었다. 밀려든 이랑 꼭지가 칼날처럼 느껴졌다. 어느새 시간이 많이 흘렀다. 아버지와 여자가 항구로 귀항했어도 벌써 몇 번은 돌아오고도 남을 시간이었다. 그러나 그들의 모습은 어디에도 없었다. 어쩌면 그들이 항구로 돌아와 손을 흔들었는지도 몰랐다. 그럴지도 몰랐다. 너는 깊은 숨을 내쉬곤 갑판을 내려다보았다. 갑판엔 잘려 나간 농어 대가리가 아무렇게 버려져 있었다.

"야, 횟감 몇 마리 건져 와."

너는 식칼을 들고 앉아 있는 남자의 핏발 선 눈동자를 힐끔 훔쳐보곤 갑판으로 걸음 했다. 수족관엔 크고 작은 물고기들이 우주를 떠다니는 운석처럼 천천히 물속을 헤집고 다녔다. 넌 수족관 유리에 입술을 대고 물고기처럼 입술을 삐금거려보았다. 남자가 혀를 끌끌 차며 식칼을 도마 위로 꽂았다.

"등신 같은 년! 하는 짓거리 하고는."

넌 그에게 해를 끼친 적이 없었다. 그런데도 남자는 언제나 널 반병신 취급을 했다. 맞설 수도 없었다. 그랬다. 남자의 알 수 없는 두려움은 잘려 나간 발목 때문만이 아니었다. 요괴 물고기에게 공포심과 경외감을 가진 탓이었다. 너도 그랬다. 녀석의 얘기만 들어도 심장이 쿵쾅거리고 무릎이 덜덜 떨렸다. 그때마다 두려움을 이겨내기 위해 소라고둥으로 노래를 불렀다.

너는 수족관 뚜껑을 조심스럽게 밀어냈다. 물고기들이 본능적으로 꼬리를 치고 지느러미를 활짝 펼쳤다. 넌 눈알에 백태가 끼고 비실거리는 놈을 뜰채로 잡아 올려 남자에게 내밀었다. 그는 곧바로 식칼을 물고기 아가미로 쑤셔 넣곤 내장을 훑었다.

내장은 썩을 여유조차 없었다. 버려지기 무섭게 물새 차지가 되었다. 남자는 두툼하게 살점을 발라내곤 히죽거렸다.

"요나의 집, 그년만 떠나지 않았어도 이렇게까지 심심하지는 않을 텐데. 유인가 당신인가 하는 놈이 그렇게 좋았나. 이상 세계 어쩌고저쩌고하는 놈들은 절반 이상이 사기꾼이야. 그놈에게 넘어간 그년이 미친년이지. 사랑? 구원? 그런 게 어디 있어. 안 그래?"

남자가 칼질을 멈추고 쏘아보았다. 실핏줄이 도드라진 남자의 눈빛이 금방이라도 무슨 일을 낼 것만 같았다. 너는 비굴한 웃음을 흘리며 고개를 끄덕였다. 그가 식칼을 휘두르면 꼼짝없이 찔려야 했다. 도망갈 곳도 없었다. 팽팽하게 감도는 공포, 질기고 질긴 파도 소리가 날을 세우는 밤이었다.

2

너는 실미도로 갔다. 아름다운 섬이긴 했지만 모래와 자갈을 실어 나르는 바지선이나 조그마한 어선이 전부였다. 은빛 고기 떼들이 퍼덕거리는 바다를 상상했던 너는 실망감을 감추지 못했다. 바다란 미처 생각할 수도 없는 온갖 형태의 상황이 늘 벌어지는 곳이지만 커다란 고깃배가 없다니. 넌 눈시울이 뜨거워졌다. 얼마인지 모를 시간을 그곳에 그냥, 그렇게 앉아 있었다. 가슴이 먹먹했다.

너는 여수행 버스에 몸을 실었다. 버스가 남쪽으로 내려갈수록 해가 투명하게 대기를 밝히었다. 비릿한 바람이 콧속으로 밀려들기도 했다. 얼마 전의 불쾌한 기억이 눈 녹듯 사그라졌다.

여수항에 도착했다. 투명한 에메랄드빛 바다가 보였다. 그곳엔 생모가 살고 있다는 소문도 들렸다. 여수 바다는 상상한 것 이상이었다. 그렇게 많은 배들이며 망망대해를 본 적이 없었다. 넌 바닷가에 앉아 목 놓아 울었다. 위로를 해주거나 인사를 건네는 상냥한 목소리는 어디에도 없었다. 그저 곁눈질로 힐끗거릴 뿐이었다. 길고 고단한 밤과 낮이 지나갔다. 달에 이끌린 밀물의 찰랑거림만이 귓전을 파고들었고, 바다는 육지와 살을 섞으며 뒤척였다. 속이 울렁거렸다. 여러 날 밥을 먹지 못한 탓이었다. 현기증에 바다가 부옇게 흐려 보였다. 위장을 후벼 파는 허기에 영혼이라도 팔고 싶은 심정이었다. 너는 정신을 놓아버렸다.

"자아, 눈을 크게 뜨고 눈동자를 움직여봐요."

의사는 한쪽 입꼬리를 살짝 추켜올리며 말했다. 너의 눈꺼풀을 밀어 올리는 그의 손에는 소형 랜턴이 들려 있었다. 넌 의사의 요구대로 눈동자를 이리저리 굴렸다. 의사는 너의 동공 안을 유심히 살펴보곤, 차트에 알아볼 수도 없는 글씨체로 뭔가를 끄적거렸다. 그러곤 너의 옆에 앉아 있던 여자에게 특별한 증상은 없었느냐고 물었다. 여자는 잠시 생각하는가 싶더니, 낯선 사람이 항구에 쓰러져 있어 병원으로 데리고 왔다고 얼버무렸다. 의사는 더 이상 묻지 않았다.

너는 여자의 손에 이끌려 '요나의 집'으로 갔다. 그 뒤로 하루를 꼬박 앓았다. 옴짝달싹할 수도 없었다. 열병이라도 난 것처럼 온몸이 끓었다. 하루가 지나서야 창문을 뒤흔드는 세찬 바람소리를 들었고, 고깃배의 엔진 소리를 들었고, 물새 소리를 들었다. 어렴풋하지만 분명히 들었다. 그리고 저녁 무렵, 신음 소리를 내지르며 깨어났다. 자리를 털고 일어난 네가 제일 먼저 꺼낸 말은 '밥'이라는 단어였다.

"어린년이 불쌍하게시리……."

여자는 너의 입에 미음을 떠먹이며 같은 말만 되풀이했다. 이틀이 지났다. 얼굴에 핏기가 돌았다. 여자는 너에게 말을 걸거나 공짜 밥을 주었다.

너는 바닷가로 걸음 했다. 안개가 바다 위로 낮게 깔리어 있었다. 항구엔 출항을 준비하는 배와 귀항을 하는 배들이 뒤엉키어 북적거렸다. 넌 큰 배를 타고 망망대해를 누비는 상상을 해보았다. 저절로 눈이 감겼다. 뼛속에 스며든 질병보다 더욱 서글프게 하는 건 배를 타지 못한다는 거였다. 너는 뱃일을 하기엔 너무 왜소했고 어려 보였다. 실낱같은 희망을 붙잡고 보름을 버텼다. 희망은 점점 닳아갔고 그 누구도 거들떠보지 않았다.

다음 날에도 항구로 갔다. 한낮의 해가 사막처럼 바다를 이글이글 태우고 있었다. 숨이 훅훅 막히고 다리에 힘이 풀렸다. 가슴 한쪽이 뜨끔했다. 열기보다 더 독한 아릿한 해감내가 머릿골을 흔들어댔다.

'아버지도 이런 느낌이었을까.'

아릿한 그리움이 왈칵 밀려들었다. 그는 눈이 시리도록 파란 바다에서 한 세월을 보냈다. 인천 바다와 뭍을 오가던 아버지는 여수 바다에 다녀오겠다고 했다.

너는 인천항에서 그의 소식을 묻는 종이배를 띄웠다. 소식이 없었다. 아무리 먼 바다라 해도 보름이면 어장을 마쳤을 터이고, 또 한 달이면 수십 번 물때가 바뀌었을 터였다. 가슴을 졸이며 기다렸다. 그 흔한 전화 한 통 없었다. 사람들의 말처럼 아버지가 정말 죽어버린 걸까. 넌 그 말을 믿을 수가 없었다. 때로는 네 자신도 확신할 수 없었다. 아니라고 하기엔, 다른 이들의 말을 그대로 받아들이기엔, 아버지의 약속은 너무 선명하게 뇌리에 박혀 있었다.

너는 혼자서 시간을 보내는 일이 많았다. 학교도 가지 않았
다. 그들에게 있어 넌 언제 터질지 모르는 시한폭탄 같은 존재
였다. 선생님이나 친구들은 대놓고 내색은 안 했지만, 너를 달
가워하지 않는다는 것을 알고 있었다. 너를 특별하게 바라보는
시선도 부담스러웠다. 넌 해가 떨어질 때까지 인천 항구에 앉아
아버지의 소식을 묻거나 바닷가를 배회하며 시간을 보냈다.

그의 소식이 끊긴 지 이 년으로 접어들던 어느 보름날 밤이
었다. 등이 굽어진 남자가 몸을 기우뚱거리며 마당으로 들어섰
다. 그렇게 기다리던 아버지였다. 너는 놀란 입을 다물지 못했
다. 하지만 그의 얼굴엔 생기가 흘렀다. 다행이었다. 게다가 아
버지의 몸에서 강렬한 비린내가 맡아졌다. 넌 그의 가슴팍을
두드리며 울었다. 아버지는 네가 무슨 말을 해도 다 이해한다
는 듯이 꼭, 안아주었다. 그의 눈에도 맑은 눈물이 괴어 있었
다. 그렇다고 슬퍼 보이진 않았다. 너는 그동안 아버지가 왜 소
식을 전하지 않았는지 이해할 수 없었지만, 그것에 대해서는
더 이상 묻지 않을 생각이었다. 이유는 모르겠지만 그래야 한
다고 믿었다.

아버지는 너의 목에 소라고둥을 걸어주었다. 넌 한동안 그의
얼굴을 뚫어져라 쳐다봤다. 그의 얼굴엔 다시 웃음이 돌아와 있

었다. 아버지는 한 손으로 너의 볼을 쓰다듬었다. 넌 울음을 간신히 참았다. 그는 자신의 목에 걸린 소라고둥을 입에 대고 바다의 노래를 들려주었다.

"사랑하는 내 딸아, 네가 항상 사랑했던 대상처럼 내가 있을 때에도 없을 때에도 아무런 상관없이 당당하게 맞서렴. 언젠간 두려움도 떨림도 없는 곳으로 갈 수 있단다. 희망의 섬, 아틀란티스에서 온전한 구원을 받을 수 있단다."

너는 아버지의 소라고둥 소리에 마음이 편안해졌다. 혹시 그가 다시 떠나지나 않을까 하는 두려움이 아주 없진 않았지만, 이곳과 저곳을 이어주는 노랫소리에 심장의 피돌기가 잔잔해졌다.

두 달이 지났다. 아버지의 눈에 파란 바닷물이 들이차기 시작했다. 그는 인천항에 쭈그리고 앉아 속절없이 밀려드는 이랑을 하염없이 바라보곤 했다. 넌 굽어 있는 그의 등짝을 보았다. 콧물을 훌쩍이지도 어깨를 들썩이지도 않았지만 이내, 아버지가 울고 있다는 것을 깨달았다.

'저렇게 다 큰 남자를 저토록 울게 만드는 것은 무엇일까?'

너는 슬그머니 발길을 돌렸다. 아버지의 얼굴은 우울하고 처량해 보였다.

"아버지……."

너는 나직한 목소리로 아버지를 불러보았다. '아버지'라는 단어가 가슴을 저미게 파고들었다. 집으로 들어섰다. 몇 겹의 적막한 공기가 방 안을 에워싸고 있었다. 몇 번이나 긴 심호흡을 해야 했다. 자리에 누웠다. 바다를 바라보고 있던 그의 구부정한 뒷모습이 눈에 밟혔다.

비린내가 스멀스멀 방 안으로 퍼졌다. 아버지의 냄새였다. 방 안으로 들어선 그가 어색하게 입꼬리를 들어 올렸다.

"어디 갔다 온 줄 알아?"

너는 망설이는 아버지를 향해 호기를 부렸다.

"물고기가 뭍에 살면 죽어."

그는 형량을 다 채우고 나가는 죄수처럼 홀가분한 표정을 지었다. 너는 고개를 돌렸다. 흐르는 눈물을 재빨리 훔쳤다. 아버지는 물고기와 같은 족속일지도 모른다는 생각이 들었다. 그의 눈은 벌겋게 충혈되어 있었다. 핏발 선 눈으로 오랫동안 너의 손을 매만졌다.

"미안하구나. 난 바다로 가야 해. 바다를 떠나 한시도 살 수 없거든. 더러는 바다 냄새가 맡아지지 않는 곳, 파도 소리가 들리지 않는 곳으로 가려 해도 결국은 바다를 찾게 돼! 너에게 바다의 노래를 불러주고 싶구나. '사람들아, 내 말 들어봐! 이상세계가 있다고 말하면서 그곳을 찾지 않으면 이상 세계는 존재하지 않아. 누구는 말하지. 마음속에 이상 세계가 있다고. 그렇지 않아. 내 귀에는 바다의 말이 들려. 아틀란티스는 약속의 공간이야.' 딸아, 힘들 때마다 소라고둥으로 바다의 노래를 불러봐! 자, 약속."

"알았어요. 아버지도 몸조심하세요."

그는 그렁한 눈으로 작별 인사를 하면서도 너의 표정을 살피느라 급급했다. 너는 그런 아버지의 눈빛이 마음에 걸려 입꼬리를 올리고 억지웃음을 지었다. 사랑하고 미워하고. 떠나고 다시 돌아오고. 그걸 받아들이고. 서로의 애증을 지우기 위해 몸서리치는 밤이었다. 그날 밤 내내 너의 눈썹과 입꼬리만 부지런히 올라갔다가 내려오기를 반복했다. 아버지는 굽은 어깨를 펴보려고 했지만 그럴수록 너의 얼굴빛은 어두워졌다.

새벽녘이었다. 아버지의 울음소리가 방 안을 뒤흔들었다. 너는 통통 부어오른 그의 눈두덩이 위로 얼음을 올려주었다. 무슨 일이 일어나도 거리낄 게 없다는 후련함이 밀려들었다. 결국 아버지는 고깃배를 타고 바다로 갔다.

그를 떠올릴 때마다 취할 것 같은 꽃향기가 또렷하게 맡아졌다. 아버지가 어딘가에 숨어 너를 지켜보고 있을 거란 생각도 들었다. 그걸로 충분했다. 넌 그때마다 아버지가 목에 걸어준 소라고둥으로 바다의 노래를 불렀다.

3

너는 한 달이 넘도록 고깃배를 타지 못했다. 그저 뭍에서 멀어지는 배를 바라볼 뿐이었다. 간혹 뱃고동 소리가 밤공기를 찢기도 했다. 넌 넋 나간 사람처럼 항구에 앉아 입아귀를 일그러뜨리고 차게 웃었다. 누군가가 너의 어깨를 토닥거렸다. 흘끔 곁눈질로 뒤돌아보았다. '요나의 집' 주인 여자가 서 있었다. 여자의 검은 눈동자엔 야릇한 빛이 흐르고 있었다.

"네년도 참 어지간하다. 내가 뱃일을 알선해줄까? 배는 좀 작아. 그 배 선장이 내 애인이거든. 뱃사람 모두가 내 애인이기는 하지만."

너는 발딱 일어서서 번들거리는 눈빛으로 춤을 추었다. 딴 존재로 변한 듯 펄떡펄떡 뛰고 괴성을 질렀다.

"쯧쯧쯧. 너도 유와 같은 족속이구나. 어찌할까. 그것도 계집년이!"

여자는 아틀란티스에 산다는 유를 그리며 살았다. 그가 없는 세상은 사막이었다. 여자는 몇 번이고 혀를 차곤 눈시울을 붉혔다. 너는 앙상한 손으로 여자의 등짝을 부드럽게 쓰다듬어 주었다. 여자는 몸을 외틀고 어깨를 들썩였다.

'다 큰 여자를 이토록 울게 만드는 것은 무엇일까?'

너는 여자의 어깨에 손을 얹고 이마에 입술을 갖다 댔다. 아련한 그리움을 품고 사는 건 너무 아픈 삶이라고, 너무 외롭다고, 포기해버리고 싶은 마음은 없느냐고, 묻고 싶었다. 여자는 무거운 한숨 소리를 내었다.

"난 유를 원망 안 해. 언젠가는 아틀란티스로 갈 거야. 그를 거두어 가버린 이상 세계지만, 난 그 나라 때문에 살 수 있었던 거야. 가게 이름도 그가 지어주었어. 요나의 집. 유가 너무 그리워."

여자의 목소리는 마치 사막의 오아시스 같았다. 사막의 단물이 너의 머릿속에 그려졌다. 몽글몽글 굴러떨어지는 물방울이 몸 안 어딘가로 스며드는 느낌이었다. 여자는 울 듯 말 듯 한 미소를 지으며 말했다.

"뱃일은 힘들어. 그 사람 성질머리도 고약하고. 단단히 마음먹어."

"네."

너는 짧게 대답했다. 굳이 그가 어떤 사람인지 알고 싶지 않았다. 그저 배를 탈 수 있다는 사실만으로도 설렜다. 넌 아버지가 건네준 소라고둥으로 바다의 노래를 불렀다. 정말 바다로 갈 수 있을까? 순간, 너의 동공에 시푸른 파도가 들이차고 아버지가 산다는 아틀란티스의 환영이 어릿거렸다.

넌 고깃배를 타고 바다로 갔다. 비구름을 머금은 수평선은 아름다웠다. 벌거벗은 파도 꼭지가 은가루처럼 하늘로 치솟아 올랐다. 바다는 정말이지 환상이었다. 낮이면 바닷물이 희부옇게 갈라지고, 밤이면 바다가 달빛에 젖어 무슨 축제를 벌이는 양 반짝반짝 아름답기까지 했다. 얼핏 보면 똑같은 파도지만 전혀 똑같지 않았다. 파도는 제각각 다른 집을 짓고 살았다.

하루에 두 번씩 그물을 던졌다. 작은 물고기 한 마리도 올라오지 않는 어장이 계속되었다. 넓은 바다에 고기가 없다는 것이 이해가 되지 않았다. 괜히 쓸쓸해졌다. 일주일이 지났다. 건들 불어온 해풍에 비린내가 맡아졌다. 여수항을 둘러싼 하늘과 바다는 고기 풍년 들 징조를 서서히 보여주었다. 더러는 갈매기가 간이 덜겅거리도록 울어주었고, 밤이면 일렁거리는 물결을 따라 일어선 물안개가 희부옇게 갈라지곤 했다. 그랬다. 물때라는 것이었다. 너는 덴바람으로 허옇게 뒤집힌 바다를 바라보았다. 처음으로 고기다운 고기를 잡았다. 그물엔 은백색으로 물든 고기 떼가 눌어붙어 있었다. 물고기의 꼬리 치는 소리와 파도 소리가 너의 마음을 들뜨게 했다.

해거름 녘이 되어서야 작업이 끝났다. 꼭두새벽에 출어한 어선들도 돌아가지 않고 계속 그물을 풀었다. 조업의 특성상 어구를 보수하면서 고기를 잡는 까닭이었다. 어장도 한철이었다. 바다에는 육십여 척의 고깃배들이 가쁜 숨을 헐떡이고 있었다. 넌 수평선을 응시하곤 노래를 불렀다.

"파도는 언제나 물고기를 밀어 올려요. 랄랄라. 어부가 물고기를 원하면 바다는 꼭, 주어요. 랄랄라. 어부가 바다로 그물을 던져요. 바다는 그물에 은빛 비늘을 달아주어요. 랄랄라. 바다는 원하는 이마다 물고기를 주어요. 랄랄라."

남자가 그물을 내던지고 너의 머리카락을 쥐어 잡았다.

"선장님, 왜 이러세요?"

남자는 아랑곳하지 않고 계속 머리채를 잡고 흔들었다. 넌 남자의 손을 식칼로 토막 내버리고 싶은 살의가 치밀어 올랐다.

"선장님, 이러지 말아요!"

"이런 미친년을 봤나. 내가 죽어라 일해서 잡은 물고기야. 그런데 어째서 바다가 준 거야. 한 번만 더 재수 없는 말을 나불대면 가만 안 둘 거야. 알아들었어?"

너는 멍해졌다. 남자의 배배 꼬인 심성보다 더 꼬인 것은 바다를 지독하게 저주한다는 거였다. 넌 별로 내키진 않았지만 고둥으로 바다의 노랫소리를 들려주었다.

"너는 물고기가 자라는데 아무 한 일도 없으면서 그토록 호들갑을 떠는 거니? 바다가 씨알을 키워 고기 풍년을 준 것을, 정말 몰라? 누구든 거만하면 요괴 물고기에게 시켜 벌을 내릴 거야. 아니, 영원히 바다에서 추방할 거야. 명심해, 또 거들먹 거리면 지옥 맛을 보여줄 테니까."

"이년이 그래도! 아주 중증 환자구만. 근데 네년이 믿는 바다 는 뭐냐? 진짜 바다의 신이 있다면 너 같은 년에게 복을 주어야 지, 안 그래? 나는 이상 세계가 있다는 걸로 사기 치는 놈들이 제일 싫어. 그러니까 난 그렇다 쳐! 너는 뭐냐? 정신 차려, 미친 년아!"

남자는 너의 뺨을 후려갈겼다. 도망갈 곳도 없었다. 한 발짝 내디디면 곧장 시퍼런 바다였다. 그는 너를 비아냥거리며 그물 을 끌었다. 수면 아래에는 수천 마리의 고기 떼가 반짝거렸다. 남자가 조심스럽게 뱃머리를 돌렸다. 배는 제 속도를 내지 못했 다. 그물 끄는 밧줄이 탱탱하게 당겨졌다. 그때였다. 너는 문득 싸늘한 기운을 느꼈다. 무언가가 빠른 속도로 다가왔다. 주위 를 살펴보았다. 수면 위로 커다란 물체가 나타났다. 희미하게 빛나는 물체가 이리저리 주둥아리를 흔들었다. 먹이의 크기를 가늠해보는 것 같았다. 녀석이 서서히 다가왔다. 등줄기에서 식 은땀이 흘러내렸다. 넌 아랫입술을 악물고 거대한 물체를 보았 다. 주먹이 불끈 쥐어졌다.

"큰 물고기가 나타났어요."

남자는 잠시 경직되었다가 이내 두 눈이 확 커졌다. 믿을 수 없다는 표정이 역력했다. 애꿎은 눈만 부릅뜬 채 물고기의 움직임을 좇았다.

"무슨 물고기가 저렇게 커요? 이름이 뭐예요?"

녀석이 곧장 다가왔다. 딱 벌린 아가리 속에서 날카로운 이빨이 보였다. 남자는 재빨리 작살을 내던졌다. 몸통을 찔린 녀석이 넓게 원을 그리며 세찬 물결을 일으켰다. 하마터면 배가 녀석의 꼬리에 맞을 뻔했다. 당황한 기색이 역력한 남자는 뱃머리를 돌렸다.

너는 숨을 죽인 채 수면을 응시했다. 놈의 모습이 물 위에 떠서 어른거리는 석양에 또렷하게 비쳐 보였다. 남자는 작살을 단단히 움켜쥐고 엔진 마력을 높였다. 찰부락, 하는 소리와 함께 희끗한 것이 튀어나왔다. 순식간에 일어난 일이었다.

"선장님, 조심……."

너의 말이 채 끝나기도 전에 남자의 한쪽 발목이 보이지 않았다. 그랬다. 눈 깜짝할 사이에 무언가가 너의 머리를 스쳤고, 곧이어 발부리에 핏물이 뚝뚝 떨어졌다. 그 충격으로 그만 정신을 잃어버렸다.

어떻게 시간이 흘렀는지 전혀 기억이 없었다. 물고기의 흔적은 보이지 않았다. 단지 발목이 잘려 나간 남자의 다리가 갑판 위에서 덜렁거릴 뿐이었다. 너의 머릿속엔 커다란 물고기의 영상만이 선명하게 남아 있었다.

녀석은 오래전부터 미지의 대상이었다. 가끔 해안가로 토막 난 돌고래가 떠밀려 오곤 했다. 여자는 요나를 삼켰던 물고기가 바다의 부름에 따라 태어난 거라고 말했다. 녀석은 몸 전체를 드러낸 적이 없었다. 섬처럼 떠다니다가 배가 접근하면 성질머리를 부리곤 했다. 너무나도 엄청난 완력이어서 아무리 큰 고깃 배라도 속수무책이었다. 그녀의 말에 따르면 녀석은 바다를 구원할 임무를 부여받았고, 그 임무를 완성해야만 아틀란티스로 갈 수 있다고 했다.

아주 먼 옛날, 아틀란티스 대륙은 섬이었다. 지금은 우리가 대서양이라고 부르는 지역에 위치하고 있었다. 그 땅은 정말로 컸다. 서쪽 해안엔 가슴팍이 떡, 벌어진 건장한 선원들이 주로 살았다. 그들은 북쪽 해로를 이용해 아메리카에 닿을 수 있었다.

그들에겐 동아프리카가 이웃이기도 했다. 짧은 해협을 몇 해리만 가로지르면 되었다. 위대한 이집트 시대도, 실은 아틀란티스 문명의 자취에 불과할 뿐이었다. 세계를 식민지화했던 왕들도, 이전의 왕들도, 신화 속에 등장하는 모든 신들도, 모든 나라의 온갖 전설도, 저 먼 아틀란티스에서 온 것들이었다. 그랬다. 지구의 운명을 바다에게 신탁받은 아틀란티스 왕은 지구의 모든 지역으로 배를 띄워 보냈다. 시인, 소설가, 극작가, 의사, 농부, 과학자, 마술사 등을 태웠다. 아틀란티스의 왕자도 그들과 떠나고 싶었다. 왕자는 왕에게 뱃사람들과 미지의 세계를 항해하고 싶다고 간청했다. 왕이 아들의 말을 들어줄 리 없었다. 바다의 신탁을 받아 태어난 자는 바닷물이 몸에 닿는 순간, 흔적도 없이 사라져버리기 때문이었다.

왕자는 왕을 속이기 시작했다. 온몸에 물개 가죽을 휘감고 바다를 항해했다. 은밀한 항해를 즐기던 날, 태풍을 만났다. 바닷물이 왕자의 몸에 닿는 순간 왕자는 물거품이 되어버렸다. 왕은 몹시 상심했다. 그랬다. 아틀란티스의 핏줄을 타고난 족속은 바다의 허락을 받아야만 항해를 할 수 있었다. 왕은 바다에 아들을 살려달라고 간청했다. 바다는 왕자를 요괴 물고기로 다시 태어나게 해주었다. 규약을 어긴 벌도 함께 내려졌다. 늙을 수도 죽을 수도 없었고 누군가를 회개시키는 임무를 완수해야만 온전한 나라로 갈 수 있었다. 요괴 물고기는 그 고독을 달래기 위해 몇 개월씩 먹기만 하는가 하면, 몇 개월씩 배설만 하기도 했다. 그 배설물에도 물고기를 끌어들이는 힘이 있었다. 그랬다. 요괴 물고기는 바다를 경배하거나 자신의 먹이를 가로채지 않으면 뱃사람이나 고깃배를 공격하지 않았다.

4

'요나의 집' 주인 여자는 짧은 원피스를 입고 있었다. 야자수 그림이 가슴께로부터 무릎 아래까지 내려가면서 점점 커지는 파란 원피스였다. 늘 같은 옷만 입었다. 원피스엔 눈이 시릴 정도의 파란 바다와 섬이 가득 그려져 있었다. 마치 끝없이 펼쳐진 남태평양 어딘가를 보는 듯한 착각이 들 정도였다. 하지만 파란 원피스와 상관없이 '요나의 집'은 버려진 담배꽁초와 술병들로 어수선했다.

너는 창문을 활짝 열어젖혔다. 조금씩 뿌려지던 놀빛이 핏물처럼 진해지기 시작했다. 붉은 독처럼 차오르는 놀 때문에 눈이 아파왔다. 너는 아무도 알아듣지 못할 말로 노래를 불렀다.

"우리는 아틀란티스에 대한 믿음 때문에 사람들로부터 비웃음을 받아요. 그러나 끝까지 믿을 거예요. 진실로 바다가 말해요. 바다의 말을 듣고, 또 바다가 보낸 그 사람을 믿으면 죽지도 늙지도 않는 아틀란티스로 갈 수 있어요. 난 믿어요. 이모도 믿어요. 우리는 그곳에서 영원한 안식처를 얻을 거예요."

너는 그 노래의 의미도, 그 말의 굴레도 이해하진 못했지만 그렇게 살고 싶었다. 더러는 붉은 노을이 수평선으로 쏟아질 때마다 세상의 끝으로 달려가고 싶은 충동에 휩싸이곤 했다.

그리고 울었다. 여자가 왜 우느냐고 물었지만 너는 태양이 완전히 사그라질 때까지 계속 울었다. 너의 울음이 그치자, 출입문에 매달린 종이 요란한 소리를 냈다. 남자가 문을 밀고 들어섰다.

"어머, 선장님 오셨어요."

여자는 비음이 잔뜩 섞인 목소리로 넉살 좋게 반겼다. 남자는 흐느적거리며 여자에게 다가섰다. 순식간에 손을 뻗어 머리끄덩이를 잡아당겼다. 여자의 고개가 뒤로 젖혀졌다. 남자는 주저 없이 주먹을 휘둘렀다. 넌 남자에게 달려들었다. 그의 주먹은 매서웠다. 콧속이 화끈거리고 찝찝한 액체가 입술을 비집고 터져 나왔다. 너는 피를 머금었다가 남자의 얼굴을 향해 내뿜었다. 얼굴에 피가 묻은 그의 주먹질이 더욱 사나워졌다. 여자도 남자의 머리칼을 잡아당기거나 옷자락을 붙들고 늘어졌다.

너의 가슴팍을 타고 앉아 두들겨 패던 남자가 쓰러졌다. 코피를 훔치며 몸을 일으켰다. 그녀의 손엔 맥주병이 쥐어져 있었다. 소름이 돋았다. '요나의 집'은 폭격을 맞은 것처럼 어지럽혀져 있었다.

"요괴 물고기에게 발목을 잃은 것이 나 때문이야? 미친놈!"

여자의 동공에서 물기가 배어 나왔다. 파란 원피스에도 핏물이 번져 있었다.

'요나의 집'. 처음엔 교회에서 무료 급식을 하는 곳인 줄 알았다. 그래서 사람들이 많이 몰려드는 줄 알았다. '요나의 집'은 다른 뜻이었다. 너는 아픔을 느꼈다. 처음엔 몰랐지만, 경련 같은 떨림이 가슴팍을 저릿저릿하게 만들었다.

너는 여자 앞으로 걸음 했다. 손에 술잔이 들려 있었다. 반사적으로 얼굴을 가렸다. 술잔 대신 걸레가 날아들었다.

"깨끗이 씻고 와. 제대로 안 씻으면 방 안에 못 들어올 줄 알아."

여자가 채워놓은 알루미늄 양동이에서 더운 김이 올라왔다. 넌 옷을 벗고 물을 머리 위로 쏟아부었다. 구정물이 흘러내렸다. 때수건에 비누를 묻혀 꼼꼼히 닦아냈다. 머리를 헹군 마지막 물에 옷가지를 담그고 방으로 들어갔다. 그녀가 새 옷을 내밀었다.

"선물이야."

너의 입꼬리가 살짝 올라갔다. 옷을 갈아입는 동안, 여자는 연거푸 술잔을 비우곤 바다로 눈길을 옮겼다. 눈동자엔 그렁한 눈물이 담겨 있었다. 바다도 찰랑찰랑 소리를 내었다. 넌 가슴이 뛰었다. 그것은 몸뚱이 속에 단단히 뭉쳐진 아련한 연민이었다. 여자는 술을 마시고 넌 술주정하는 그녀의 곁에서 눈만 깜박였다.

"유가 너무 그리워. 죽을 것만 같아. 그가 들려주던 바다의 노랫말이 생각나. 아틀란티스로 가면 영원한 안식을 취할 수 있다고. 이는 바다의 뜻 안에서 이루어지는 일이라고. 난 이런 말이 무슨 뜻이지도 몰라. 유는 항상 바다의 말을 들려주었지. 그가 날 구원해줄 것만 같았는데, 아틀란티스로 떠나버렸어. 하지만 언젠간 만날 거야."

여자가 울음을 내놓았다. 아무도 돌봐주는 사람 없이 세상에 홀로 나와 가사도우미, 술집 종업원 등 온갖 궂은일을 전전하며 살아온 서러움이었다. 가는 곳마다 남자들은 여자를 보고 침을 흘렸다. 하나같이 흐르는 침만 닦아먹곤 가버렸다. 늘 혼자 남았다. 여자가 살아온 세계는 지상과 지하의 통로처럼 어둡고 싸늘했다. 사람들은 아무도 여자를 위로하거나 동정하지 않았다.

여자를 사랑으로 대해준 유일한 사람은 유였다. 그를 처음 본 순간, 풀조차 자라지 않던 가슴에 서서히 이끼가 돋아났다. 끼니를 걸렀는데도 배가 고프지 않았다. 그녀에게 있어 유는 유일한 빛이었다. 그랬다. 파도처럼 밀려왔다 파도처럼 멀어져 간 그는 세상의 전부였다. 유는 고깃배를 타고 여수항에 들렀다가, 기약 없는 구원의 씨앗을 떨구곤 항구를 떠났다. 여자는 등신처럼 항구를 지키고 살았다. 누군가가 돈 한 푼 가져다주는 일이 없었고, 쌀 한 줌 들어다 주지 않았다.

그녀는 '요나의 집'을 열었다. 뱃사람들이 몰려들었다. 초라한 주점이었지만 성대한 축제장 같았다. 사내들은 이상스러울 만큼 세심하게 배려해주곤 했다. 전어를 잡아 오면 전어를 가져다주고, 바닷게를 잡으면 바닷게를 가져다가 주었다.

너는 '요나의 집' 주인 여자를 이모라 부르며 일을 거들었다. 사내들은 늘 그녀의 실팍한 엉덩이를 탐했다. 하나같이 육욕에 홀려 있었다. 여자가 건네주는 술잔을 받으면서 별 까닭 없이 호들갑스럽게 웃고 떠들어댔다. 투박한 손으로 여자의 사타구니를 스스럼없이 쓸어대는 치도 있었다. 넌 그때마다 욕지기가 일어 목구멍을 치받고 올라왔다. 그래도 여자는 하루에도 수십 번씩 사내들에게 붙어 서서 웃음을 흘렸다. 그런 여자의 모습을 보고 있으면 저절로 등줄기가 끈끈해졌다. 그녀가 너의 손을 꼭, 잡고 부르르 몸을 떨었다.

"파도 소리가 너무 아프게 들려. 파도 소리를 들으면 살가죽 여기저기에서 깃털이 돋아나는 것만 같아. 그래서 물새가 될 것만 같아. 내가 새가 된다면 이곳저곳을 휘질러 다니고, 목구멍에서 피가 콸콸 쏟아지도록 천상의 노래를 부르고 싶어."

"이모, 나도 물새가 되고 싶어요. 기쁨의 노래를 부르고 싶어요."

"그래? 그럼 아틀란티스를 믿어?"

"그럼요. 난 그곳을 믿어요."

여자는 바다에서 들려오는 파도 소리처럼 낮고 조용하게, 또랑또랑 말문을 열었다.

"유가 말해주었어. 현실에 안주하지 말고 이상 세계를 꿈꾸라고. 바다가 우리에게 그것을 꼭 준다고 했어. 이는 바다가 아주 오래전에 한 약속이라고 했어. 유가 말했어. 모든 게 다 바다의 뜻이라고. 물빛이 파란 이유까지도. 난 유의 말을 듣는 순간 아틀란티스와 요괴 물고기가 생각났어. 참 이상한 일이지."

너는 피식 아랫입술을 들어 올렸다. 유에 대한 그리움이기도 했지만, 자신에 대한 설움이기도 했다. 여자는 또 시린 물빛에 젖어 있었다. 여자는 한 번도 가본 적이 없는 아틀란티스를 그리며 살았다. 마치 그곳 태생의 여자 같았다. 아주 오래전에 그곳의 처녀였는지도 몰랐다. 넌 여자의 눈빛에서 아버지의 환영을 보았다. 파도처럼 출렁거리는 요괴 물고기의 품에 얼굴을 묻고, 살 오른 물고기를 쓰다듬는 그의 환영이었다.

'요나의 집'은 아버지뿐만 아니라 뱃사람들에게 있어 편안한 안식처이자 거친 바다로부터의 도피처였다. 그런 생각을 할 때마다 문득 무서워졌다. 벌거벗은 여자의 몸에 날개가 돋아나는 듯싶었다. 아니, 온몸에 깃털이 돋은 물수리가 눈에 어른거렸다. 어디론가 달아나 버릴 것만 같았다. 새벽녘에 어슴푸레한 안개를 뚫고 날아가는 여자의 모습이 어른거렸다. 그 적막이 너를 고독 속으로 빠져들게 했다. 고독감에 젖어들기만 하면, 아틀란티스의 찬란한 물빛이 머릿속으로 그려졌다. 그것은 환희이기도 하고 가슴 아픈 비애이기도 했다. 결국 여자는 이곳과 저곳을 연결해주는 곳으로 갔다. 정확히 말하자면 유의 나라로 갔다.

'요나의 집'엔 뱃사람들 발길이 뚝 끊겼다. 여자는 유가 살아 있을 때에는 아틀란티스를 원망했고, 그가 늙지도 죽지도 않는 곳에 머무른 뒤로는 그곳을 그리워했다. 여자가 사라진 '요나의 집'은 오래지 않아 텁텁한 냄새로 가득 찼다. 뱃사람들은 서로 마주치면 소문을 건넸다. 소문의 꼬리 끝에는 자꾸만 비늘이 붙고 지느러미가 자라났다. 여자가 없는 '요나의 집'은 쓸쓸했다. 황량함에 눈물이라도 묻어날 것만 같았다.

너는 항구 언덕배기에 서서 먼바다를 바라보았다. 가슴이 아파왔다. 여자의 애틋함과 열망이 눈에 보이는 듯싶었다. 여자에게 모진 욕설을 듣거나 매 맞은 일은 잘 잊곤 하면서 그녀의 유에 대한 믿음만큼은 지워지지 않았다. 오히려 시간과 함께 더욱 선명해졌다. 너는 큰 배를 떠올렸다. 출항을 준비하는 데만도 몇 달이나 걸리는 거대한 배였다. 오대양 육대주를 돌아 그물을 풀고 시린 바다를 누비고 싶었다. 그러다 해 질 무렵, 바다가 짙은 청색으로 변해갈 쯤 영원한 실루엣으로 남고 싶었다.

5

수평선이 어둠에 잠기기 직전이었다. 물때가 바뀌는 시간이기도 했다. 이따금 갑판 위로 물보라가 달려들었다. 배의 흔들림은 한층 정도가 심해졌다. 그 여파로 돌풍에 물보라가 휘날리며 너의 얼굴 위로 뿌려졌다. 그 속으로 빨려 들어갈 것만 같았다. 하지만 알 수 없는 환희가 몰려들었다.

넌 수면을 살펴보았다. 파도는 발정 난 수놈처럼 흰 거품을 불어 올렸다. 이랑에 앉아 있던 물새 떼가 젖은 날개를 퍼덕였다. 짧은 순간, 푸른 눈동자와 너의 시선이 얽혔다. 요괴 물고기가 신의 분신처럼 느껴졌다. 녀석이나 너나 숨통을 조이는 행성에서 근근이 버텨왔다. 맞서기보단 어금니를 앙다물고 목숨 끈을 이어왔다. 그랬다. 조그만 충격에도 눈깔이 허옇게 멀고, 아가미를 들썩일 때마다 지독한 비린내를 풍기며 죽어가는 생선에 불과했다. 너는 남자를 향해 외쳤다.

"선장님! 요괴 물고기가 나타났어요!"

남자가 뛰어나왔다. 숨을 죽이고 바다를 응시했다. 푸른 눈동자가 수면 위로 솟구쳤다. 남자가 머리를 쥐어뜯고 비명을 내질렀다. 몰라보게 핼쑥해진 남자의 얼굴은 이전보다 한층 더 우울하고 처량해 보였다.

"악마 새끼야! 저리 꺼지지 못해. 내 발목으로도 모자라."

남자는 공포와 의문이 가득 찬 눈빛으로 너와 요괴 물고기를 번갈아 보았다. 무슨 한이 서린 것 같기도 하고 바다를 원망하는 눈빛 같기도 했다. 남자가 요괴 물고기를 향해 돌을 집어 던졌다. 녀석이 사나운 이빨을 드러냈다.

"이런 악마 새끼. 죽여버릴 거야. 저주받은 괴물아!"

남자가 작살을 집어 들었다. 넌 남자의 뺨을 사정없이 후려갈겼다. 그가 엉덩방아를 찧으며 조타실로 뒷걸음질 쳤다. 요괴 물고기가 입을 꽉 다문 채 몸을 뒤척였다. 언제나 푸른빛이 감돌던 눈빛이 조금은 변한 성싶었다. 눈동자가 짠물에 절어 푸른빛을 잃어가고 있었다. 넌 남자의 인조 발목을 있는 힘껏 내던졌다. 인조 발목이 농어 대가리처럼 수면 아래로 떨어졌다. 남자는 공포에 질린 표정으로 고개를 내밀고 있었다. 반쯤 넋이 나간 얼굴이었다. 바다와 거침없이 싸워왔던 남자도 어느새 왜소해지고 있었다.

너는 조타실로 들어갔다. 남자의 눈꼬리에 자잘한 경련이 일었다. 넌 키를 잡고 먼 바다로 뱃머리를 돌렸다. 요괴 물고기의 지느러미가 신천용의 날개처럼 활짝 펼쳐졌다. 넌 편지를 읽듯 또박또박 바다의 노래를 불렀다.

"아버지에게 말했어요. 바다는 이곳과 그곳을 연결하는 통로라고요. 바다만이 아틀란티스로 인도할 수 있다고요. 그곳은 아무나 갈 수 없어요. 바다를 경외하는 사람, 이상 세계를 믿는 사람만이 갈 수 있어요. 아틀란티스를 믿지 않는 사람은 그 섬이 눈에 보이지 않아요."

너는 시공을 뛰어넘어 하나가 되는 세계로 항해했다. 남자가 먼바다를 바라보았다. 동공이 풀어지고 입술이 파랗게 변해갔다. 너는 두려움에 사로잡혀 있는 남자에게 큰 소리로 외쳤다.

"바다와 화해하세요. 그렇게 하세요. 그곳은 아프지도 늙지도 죽지도 않아요. 내 아버지도, 이모도, 유도, 많은 사람들이 아틀란티스에 살고 있어요."

"아틀란티스? 그런 곳이 정말 있기나 한 거야?"

남자의 목소리는 긴장으로 떨리고 있었다. 마치 울먹거리는 것 같았다. 그러나 그의 다음 반응은 전혀 예상치 못한, 뜻밖의 것이었다. 그가 별안간 크게 웃어댔다. 허탈한 웃음 같기도 하고 기쁨의 웃음 같기도 했다. 너는 안개 속을 떠다니는 천상의 냄새를 맡아냈다. 향기가 점점 진해졌다. 남자도 그 냄새를 맡

있는지 너의 얼굴을 뚫어져라 쳐다보았다. 그의 얼굴은 조금 전의 굳은 기색은 온데간데없이 환해져 있었다. 너는 천상의 빛 속으로 고깃배를 내몰았다.

테러리스트와 프렌치키스하기

1

　휴대폰에 문자가 뜬다. 그는 압둘라라는 이름을 가진 이라크 남자다. 물론 나의 남편이기도 하다. 하지만 그 호칭도 애매하다. 남편이라는 것을 확인할 수 있는 것은 오직 서류상의 호적 관계뿐이다. 그의 생활은 그다지 규칙적이지 않다. 고깃배를 타기도 하고, 공장에서 막일을 하기도 하고, 길거리에서 노점을 하기도 한다. 오로지 돈벌이에만 목을 맨다. 아랍인임에도 불구하고 알카에다를 모르고, 당연히 테러 뉴스에도 관심이 없다. 대신 그는, 한국이 짧은 시간에 경제 발전을 이룬 것에 대해 이야기하고, 한국 대기업이 만들어내는 제품을 선망한다. 그렇다. 나와 압둘라는 공통점이 꽤 많다. 잘살아 보자는 욕망이 같고 항상 무언가를 그리워한다. 그는 아랍인이고 나는 한국인이다.

그것이 차이라면 차이다. 난 그가 무슨 일을 하는지 정확히 알지 못한다. 그렇다고 궁금하지도 않다. 그가 어떤 일을 하든, 그것은 중요한 것이 아니다. 그저 그의 돈이 필요할 뿐이다.

나는 원룸 문을 열고 밖으로 나선다. 여명 때문에 눈이 부시다. 자꾸만 발이 헛디뎌진다. 앙당그러진 가슴에 뭉쳐 담고 있던 한숨이 잇새 사이로 새어 나온다. 돈 때문에 타인의 인생을 훔치고 사는 내가, 이라크 남자와 위장 결혼을 하는 것이 대순가 싶다.

압둘라가 고무로 만든 앞치마를 걸치고 손을 흔들어 보인다. 나는 막 신혼살림을 차린 진짜 신부처럼 잇몸이 드러나도록 입꼬리를 한껏 들어 올린다. 압둘라는 콧김을 씩씩 불며 그물을 턴다. 잡어 한 마리가 내 발등으로 떨어진다. 잡어처럼 그에게서 멀리 떨어지고 싶다.

나는 브로커를 통해 결혼 컨설팅 회사에 등록했다. 짧은 시간에 목돈을 벌고 싶었다. 그때는 정신이 온전하지 못할 만큼 절박했고, 수렁을 헤매고 있었다. 브로커는 위장 결혼을 하면 이천만 원을 벌게 해주겠다고 했다. 생각하고 말 것도 없었다. 처음엔 일당을 받고 들러리를 서는 역할이었다.

압둘라는 애초에 나의 파트너가 아니었다. 그의 첫인상은 수수하다 못해 촌스러웠다. 커피숍 구석에 혼자 앉아 있던 그가 나를 훑어보며 일어섰다. 그는 처음부터 나에게 눈길을 고정하고 있었다. 탐색전이 끝난 뒤, 회사 직원이 나를 따로 불러냈다. 압둘라는 웃돈까지 얹어주면서 나를 파트너로 바꿨다. 한국 국적이 필요한 외국 남자가 한국 여자와 위장 결혼을 하려면 만만치 않은 돈이 들어간다. 그런데도 웃돈까지 얹어주며 적극적으로 나왔다.

압둘라는 조용한 남자다. 때때로 그가 같은 원룸에 산다는 것을 잊기도 한다. 그와 나는 같은 공간에 있지만 각자의 영역을 가지고 있다. 잠도 따로 자고, 식사도 각자 알아서 해결한다. 서로의 일상을 존중하며 생활하고 있다. 물론 그와 만나는 빈도가 조금 잦아진 것은 사실이다. 위장 결혼을 감시하는 눈 때문이다. 그래도 기껏해야 한 달에 몇 차례밖에 되지 않는다. 서로 아끼는 마음도 없다. 애정은 더더욱 없다. 하지만 그는 남편으로서 역할도 한다. 야한 속옷이 대부분이지만 가끔 장미꽃을 선물하기도 한다. 그가 선물한 꽃은 꽤 신선한 감동을 주지만 나에게 의미 있는 선물은 돈이 들어 있는 봉투다.

이라크 정부 청사가 자살 폭탄 공격을 당한 날, 소포가 왔다. 그는 나에게 돈 봉투와 커다란 EMS 국제특급 소포를 건넸다. 오키나와 미군 부대 주소가 적혀 있었다. 소포는 흔히 볼 수 있는 평범한 디자인이었다. 보내는 사람은 세상에서 삭제된 나의 이름, 변미미라고 쓰여 있었다. 내가 알기론 그는 일본에 한 번도 가본 적이 없다. 국제우편으로 소포를 보낸 날, 원룸에서 섹스를 즐겼다. 그는 정사를 벌일 때마다 "배신하면 확, 찢어 죽일 거야. 알아들었어!"라는 한국어를 서툴게 발음했다. 물론 내가 가르쳐준 문장이다. 우리는 달콤하게 입을 맞추고, 때로는 우아하게, 때로는 장난치듯, 때로는 격정적으로 정사를 나눈다. 더러는 아랍 점을 보기도 한다. 항문에 그어진 주름을 보고 미래를 예견하는, 좀 지저분한 점이다. 아랍 점을 볼 때마다 온몸에 소름이 돋는다. 그는 결국 참을 수 없다는 듯 항문을 압박한다. 아랍 점은 자극적이다.

그는 정사가 끝나면 항상 컴퓨터 앞에 앉는다. 메신저가 누구인지 알 수 없다. 순식간에 글자가 튀어 오르고 곧 지워진다. 그런 날이면, 나는 돈이 들어 있는 봉투를 받고 EMS 국제특급 소포를 보낸다.

난 시선을 돌린다. 압둘라의 어깨 너머로 바다가 괴물처럼 출렁거린다. 울툭불툭 융기하며 밀려드는 파도는 낯설다. 바다란 그렇다. 잠시 하늘을 향해 눈길을 들어 올렸다가 다시 내려다보면 전혀 다른 얼굴이다. 웃음을 띠는 듯 일렁이는 파도가 반짝 고개를 숙이기도 하고, 백태 낀 혀를 널름대며 가쁜 숨을 내쉬기도 한다. 또 발기하듯 솟아오르는 파도는 이물과 고물을 핥고

빤다. 바다는 약혼자보다 압둘라를 닮았다. 그는 나를 끌어안으면 놓아줄 줄을 모른 채 들썽거린다. 끝없이 발기하는 파도다.

나는 그를 따라 선실로 들어선다. 조타실 벽엔 이라크 달력이 걸려 있다. 달력에는 망토를 걸친 이라크 여자가 해변에 서서 하얀 떡니를 내보이고 있다. 나무 꼭대기엔 타조알처럼 아주 큰 열매가 단단하게 매달려 있고, 해변 주변으론 얼기설기 짜놓은 방갈로가 즐비하게 늘어서 있다.

난 한참 동안 달력을 쳐다본다. 꽤 오래된 달력인지 귀퉁이가 나달나달해져 있다. 그가 달력 한 장을 더 넘긴다. 드레스 차림의 이라크 여자가 나무 앞에 서서 웃고 있다. 여자의 머리 위에는 어지럼증이 이는 사막 하늘 대신, 연둣빛 나뭇잎이 여자의 얼굴을 반쯤 가리고 있다. 사막에 이런 낙원이 있다니. 그는 낙원을 버리고 왜 한국으로 왔을까? 이라크 달력을 보여주던 압둘라가 입술을 달싹인다.

"이 나무는 파파야라는 나무야. 파파야라는 말은 멍청하다는 뜻도 있어. 파파야 열매는 임산부가 모유를 잘 내기 위해서 먹기도 해. 어머니 같은 열매지."

나는 빨간 목젖이 다 드러나도록 웃어준다. 압둘라도 가지런한 흰 이를 내놓는다. 그의 웃음은 늘 어색하다. 약혼자의 미소와 닮았다.

'혼자 살겠다고 나를 배신하고 도망쳤냐! 찢어 죽일 년아! 변미미! 널 찾아내 꼭, 찢어 죽일 거야.'

약혼자가 마지막으로 남긴 메시지다. 약혼자는 악덕 사채업자를 피해 도망 다니는 중이었고, 그악스럽게 악담을 퍼부었다. 그가 나를 저주하는 건 너무도 당연하다. 어떤 길 떠남의 징조도 보이지 않고 홀연히 사라져버린 내가 원망스러웠을 것이다. 회사가 망하지만 않았어도, 그와 달콤한 신혼 생활을 즐기고 있을 것이다. 하지만 어쩔 수 없다. 나는 아무렇지도 않게 나 자신을 죽여버렸다. 언제부턴가 난 유령 인간으로 살아가고 있다. 세상이 내게 그걸 가르쳤는지, 내가 현실에 적응한 건지 알 수는 없다. 그렇다고 딱히 낭패스런 일이 일어난 것은 아니다. 하지만 때때로 이게 도대체 뭐지, 하는 생각이 들긴 한다. 하지만 후회 같은 건 안 한다. 그런 일들은 내겐 무의미한 일이다. 나는 포기가 빠른 데다가 변명도 할 줄 아는 여자다. 늘 그럴듯한 이유로 다른 사람뿐 아니라 나까지 설득하기 때문에 지옥의 불구덩이에 떨어진다 해도 억울할 일은 없다. 앞으로도 계속 그렇게 살아갈 것이다. 오늘 죽을지 내일 죽을지 모르겠지만 목숨 줄이붙어 있는 그날까지는, 그래도 파닥거릴 것이다. 저항? 난 저항이 뭔지 모른다. 나는 대다수의 사람들이 사는 방식으로 살 뿐이다.

난 술병을 집어 든다. 내가 잘하는 건 술 마시는 것, 노래 부르는 것, 쉴 새 없이 떠드는 것이다. 약혼자가 망하지만 않았어도 내 인생은 매우 기분 좋게 마무리되었을 것이다. 그런데 그 자식은 망하고 말았다. 하지만 이젠 상관없다. 나에겐 압둘라가 있다. 내가 뭔가를 요구하면 단번에 해결해준다.

나는 거푸 술잔을 비운다. 아무렇지도 않게 나를 추락시킬 시간이기 때문이다. 압둘라는 내가 어떤 상처도 받지 않을 여자라 믿는 눈치다. 미친놈! 정말 어처구니없는 녀석이다. 나도 때론 상처를 입는다. 겉으로 태연한 체하기 위해 내가 속으로 얼마나 나를 힘겹게 붙들고 있는지 그는 모른다. 곧이어 압둘라의 입에서 어눌한 발음의 욕설이 쏟아진다.

"배신하면 확, 찢어 죽일 거야. 알아들었어!"

순식간에 나의 목이 비틀어지고 눈알이 빠지고 가랑이가 찢어진다. 아랍 점을 볼 시간이다. 난 손끝으로 항문 주름을 더듬어본다. 사실 한 번도 나의 항문 주름을 본 적은 없다. 압둘라의 눈길이 엉덩이에 걸린다. 나는 말없이 엉덩이를 쳐든다. 그는 더 이상 내 눈치를 보지 않는다. 항문이 비틀어진다.

"배신하면 확, 찢어 죽일 거야. 알아들었어!"

압둘라가 입술을 비틀어 올리곤 이죽거린다. 은근히 그 문장을 즐기는 눈치다. 그래도 좋다. 압둘라는 나의 생계를 해결해

123

주는 사람이다. 변미미는 이미 죽었다. 이사라로 살아가려면 그
가 필요하다. 아랍 점을 마친 그가 창문으로 눈길을 돌린다.

"와! 눈이다. 정말 예뻐! 처음 눈을 볼 땐 정말 신기했어. 하늘
에서 내리는 흰 솜사탕 가루라니. 이라크에선 볼 수 없는 풍경
이거든."

창문 사이로 함박눈이 휘날린다. 나는 조금 전부터 알고 있었
다. 아랍 점을 보면서 무심히 창밖으로 눈길을 돌렸다. 눈이 내
리고 있었다. 눈을 본 순간, 약혼자의 얼굴이 떠올랐다. 그는 어
김없이 술을 마시고 있을 것이다. 첫눈 내리던 날, 회사는 최종
부도 처리 되었다.

압둘라가 술잔을 건넨다. 난 단숨에 잔을 비운다. 달력의 풍
경처럼 아랍 해변의 후끈한 열기가 가슴을 데운다. 그가 눈을
살며시 감는다. 그린 파파야 나무가 배경처럼 서 있는 고향 바
닷가를 상상하는 것 같다. 나는 그의 얼굴을 찬찬히 뜯어본다.
진한 눈썹 밑으로 머리칼 몇 오라기가 흘러내려 있고, 새까맣고
긴 속눈썹 밑으로 알 수 없는 그늘이 서리어 있다. 큼직큼직한
이목구비와 유별나게 긴 목과 커다란 눈동자엔 늘 외로움이 배
어 있다. 그가 내 눈길을 의식했는지 그렁한 눈빛으로 말문을
연다.

"만일 당신이 도망쳐도 나는 붙잡지 않겠어. 당신만 좋다면

계약이 끝나도 만나고 싶어."

그의 말이 아주 모호하게 들린다. 그 말은 의미심장할 수도, 그저 인사치레의 지나가는 말일 수도 있다. 그와 계약 결혼을 한 지 벌써 6개월째다. 나로서는 꽤 긴 시간이다. 일 분의 체감 시간은 얼마쯤 될까. 만약 내가 종적을 감추지 않았다면 어떻게 되었을까? 약혼자와 사랑하며 살았을까? 난 변미미의 이름으로 약혼자에게 쪽지나 문자를 남기지 않았다. 아니, 어떤 흔적도 남기지 않았다. 약혼자도 그 의미를 알 것이다.

항구 마당에서 무슨 소리가 들려온다. 남자 서너 명이 두런거리며 배 갑판을 열어젖히기도 하고, 뱃사람들에게 신분증을 내보인다. 압둘라는 반사적으로 몸을 일으킨다. 문을 박차고 뛰어나갈 태세다. 나는 속삭이듯이 말을 건넨다.

"놀랄 것 없어. 출입국관리소 직원들하고 경찰들이 가끔 항구를 순찰해. 게다가 어부들도 열 명 중 다섯은 외국인 노동자야. 불법체류자 단속 기간이라서 그래. 당신은 내 남편이야. 문제 될 게 뭐야."

단속반원들이 항구 모퉁이 쪽으로 멀어져 간다. 그는 단속반을 겁낼 필요가 없다. 몸에 밴 습관이다. 뱃사람 누군가가 욕설을 내뱉는다. 젊은 사람들은 뱃일을 하지 않으려 하고, 그나마 외국인 선원들 때문에 그물 풀고 사는데, 그 사람들을 강제 출

국시키면 누가 뱃일할 거냐며 막말을 퍼붓는다. 항구 창고엔 외국인으로 보이는 남자가 불안한 눈빛으로 주위를 두리번거린다. 압둘라는 마른 입술에 침을 바르며 어색한 미소를 지어 보인다.

첫눈은 좀처럼 그치지 않는다. 약혼자가 경영하는 수산회사가 망하던 날에도 눈이 내렸다. 머릿속으로 약혼자의 환영이 자꾸만 떠오른다. 난 그의 머리에 내려앉은 눈을 털어주었다. 그는 눈발을 온몸으로 받으며 소주 다섯 병을 마시곤 쓰러졌다. 나는 썩어가는 생선 마리를 본 순간, 진저리가 쳐졌다. 약혼자의 친구와 비밀이 생겼다는 사실이 끔찍하게 싫었지만 어쩔 수 없었다. 난 약혼자의 친구와 공범이 되어버렸다.

2

압둘라는 달력에 그려진 풍경을 응시하고 있다. 그린 파파야 나무가 배경처럼 서 있고, 그 아래엔 그의 말대로 금빛 모래만큼 아름다운 구릿빛 살결의 이라크 여자가 선글라스를 끼고 누워 있다. 두 눈이 시릴 만큼 파란 바닷물과 야자수 잎으로 만든 방갈로가 이국적인 모습을 자아낸다. 선선한 바닷바람이 불어

나의 머리칼을 흩날리는 것도 같고, 발가락 끝으로 푹신하고 부드러운 모래의 감촉이 전해 오는 듯싶다.

나는 파란 물빛을 본다. 압둘라가 그토록 그리워하는 파란 물빛을, 하얀 거품을, 그리고 그린 파파야 나무를. 달력 속의 해변은 푸른빛으로 빛나는 파라다이스다. 눈이 시릴 만큼 푸른 물빛조차 본 적이 없는 내겐 달력 속의 그린 파파야는 이름만큼 매혹적이다. 달력을 쳐다보던 압둘라가 아랫입술을 비틀어 올린다.

"너희 한국 사람들은 언제든지 노래 부르고, 어디서든 술을 마시고, 사랑을 나누지. 그것이 좋은 삶일까, 쓰레기 같은 삶일까? 난 더러운 구더기 삶이라고 생각해."

"그래? 그런 넌? 무슬림이면서 삼겹살을 먹고, 술 마시고, 아무하고나 섹스하잖아. 남자는 괜찮고 여자는 복면 쓰고 다녀야 해? 세상에 그런 쓰레기 같은 인생관을 갖고 살다니."

내 말에 압둘라가 두툼한 입술을 들어 올린다.

"왜 그렇게 발끈하고 그래? 의견을 물었을 뿐인데."

그가 마음속에 꼭꼭 숨겨둔 이야기를 꺼내자 난 조금 두려워진다. 그가 진지하게 말을 잇는다.

"그래, 넌 좋겠다. 얼마나 좋은 사회니. 사랑하고 싶으면 사랑하고 더 좋은 사람을 만나면 이별하고. 또 사랑하고. 너희 나라가 참 부럽다."

"관두자, 관둬. 아, 머리 아파."

우리는 그렇게 한참을 마주 보곤 낄낄거린다. 압둘라도 뭔가에 지쳐가고 있는 눈치다. 다만 무언가를 위해 자신을 다독거리는 것만으로 온종일 진이 빠진 모양새다.

나는 텔레비전을 켠다. 미군이 이라크에서 일부 군대를 철수한다는 뉴스가 흘러나온다. 곧이어 똑같은 피켓을 든 사람들이 환호하는 장면이 확대된다. 인간의 덕목이라는 것을 일깨우기라도 하듯 그들은 열정적이다. 그가 몸을 뒤척인다. 허리에 걸려 있던 이불이 들춰진다. 축 늘어진 그의 성기는 불결하기 짝이 없다. 난 TV 소리를 높인다. 중동 국가 뉴스는 언제나 자살테러나 전쟁 뉴스뿐이다. 그러나 미국이 아랍 국가와 싸움에서 이길 확률은 몹시 희박하다. 종교전쟁의 성격 때문이다. 그들은 이길 수 없다 해도 절대 굴복하지 않을 것이다. 아나운서가 보조 설명을 덧붙인다.

"시리아 동부와 이라크 서부를 급속히 장악하고 있는 이슬람 수니파 무장 단체 '이라크·레반트 이슬람 국가'가 철두철미한 이슬람 율법에 의해서만 통치되는 나라 '칼리페이트' 수립을 선포했습니다. 정교 일치의 새 국가는 과거 이슬람 국가의 최고 통치자였던 칼리프가 다스리게 된다고 주장했습니다. 비록 일방적이지만 극단적 이슬람 성전주의자 '지하디스트'들의 오랜 염원인 칼리페이트가 전격적으로 주창된 것입니다. 이슬람권 세력 분포에 있어 새로운 궤적이 만들어진 것이란 관측이 나오는 이유입니다. 이들은 특히 이 시각부터 자신들을 ISIL로 부르지 말고, 칼리페이트 또는 이슬람 국가로 불러달라고 요구했습니다. 아울러 '새 국가는 민주주의를 거부하고 서방의 모든 쓰레기를 배척한다'고 선언했습니다. 더불어 새 칼리프의 권한이 미치는 지역에서는 다른 국가나 토후국 등의 합법성이 무효화된다고 주장했습니다. 그동안 알카에다가 이슬람 극단주의자 그룹을 대변해왔고 빈라덴 사망 이후 알자와히리가 알카에다의 후계자 역할을 해왔지만 이를 거부하고 앞으로는 자신들이 중심이 되겠다는 얘깁니다."

"저런 뉴스를 왜 들어. 아랍인이라고 다 테러리스트는 아니야."

압둘라의 말은 언제나 명료하다. 순간, 내 손으로 보낸 EMS 국제특급 소포가 떠오른다. 우편물을 개봉하려는 찰나, 폭탄이 터지고 머리가 잘린다. 나의 상상일 뿐이다. 난 아무 말 없이 TV를 끄고, CD를 밀어 넣는다.

아랍 음악이 흘러나온다. 언젠가 보았던 다큐멘터리 테러 영상에서 들었던 음악과 같다. 음악 세 곡이 끝나고 네 번째 곡의 전주가 막 끝나려는 순간, 그가 봉투를 내민다. 압둘라는 네 번째 곡의 일 절이 끝나기도 전에 고마웠다는 말을 남기고 조타실을 빠져나간다. 그는 출타를 할 때면 늘 그랬듯 나에게 행선지를 밝힌다. 그다지 보고해야 할 일도 아닌데 어김없이 요목조목 자신이 어디서 묵을 것인지 무슨 일을 할 것인지에 대해 이야기를 한다. 그때마다 나는 잇몸이 드러나도록 입꼬리를 들어 올려준다. 그와 우호적으로 지내는 것도 그리 나쁘지 않다는 생각에서다. 하지만 오늘따라 행선지를 말하지 않는다. 나는 그를 불러 언제쯤 원룸으로 올 거냐고 묻는다. 그가 웃으면서 대답한다.

"글쎄. 나도 몰라. 이번 여정은 꽤 길어질 것 같아."

그의 말이 아주 모호하게 들린다. 그 말은 의미심장할 수도, 그저 지나가는 말일 수도 있다. 압둘라는 항상 성능 좋은 노트북을 지니고 다닌다. 나는 그의 프로필을 조금 알고 있다. 화학을 전공한 사람이고, 나보다 한 살 아래다. 내가 그런 것을 알고 있다고 해서 그의 정체가 명확하게 드러난 것은 아니다. 그 역시 전 세계에서 화학을 전공한 수십만 명 중 한 사람일 뿐이며, 생계를 위해 여러 나라를 떠도는 수만 명의 아랍인 중 한 명일 뿐이다.

3

'당신 눈동자는 늘 무언가를 갈구해. 그 갈증이 담긴 눈빛이 마음에 들어.'

약혼자의 프러포즈였다. 그는 늘 즉흥적이고 감성적이었다. 머리보다는 가슴으로 모든 것을 판단했다. 약혼자는 야비한 세상을 살아가는 방법을 단 한 가지도 알지 못했다. 조금만 눈여겨보면 좋은 놈과 악한 놈을 구별해낼 수 있지만 약혼자는 그런 것엔 젬병이었다. 하긴 그런 면이 좋긴 했다.

약혼자는 생선 가공 공장을 경영했다. 밤이 깊어가는지 날이 새는지도 모른 채, 화물차를 전국으로 내보냈다. 무지개처럼 밀려드는 희망을 바라보는 나의 눈시울도 뜨거웠다. 콧날도 시큰했다. 오래전부터 허리앓이가 있던 약혼자는 허리를 구부리고 부지런히 활갯짓을 했다.

"조금만 참아. 한고비만 넘기면 돼."

약혼자의 얼굴빛은 맑지 못했다. 그로부터 육 개월 뒤였다.

"망했어! 망했다고!"

그가 입가에 거품을 물고 가쁜 숨을 내쉬었다. 뚝심이 세기는 하지만 바보스럽게 멍청스러우면서 밉살스럽게 착하기만 한 약혼자는 그렇게 무너졌다. 나는 가공 공장으로 뛰어갔다. 생선으로 넘쳐나던 공장에는 벌써, 빚 독촉의 서광을 알리는 날파리 떼만 우글거렸다. 거래처 사람들은 생선만 받고 돈을 내놓지 않았다. 미수금은 눈덩이처럼 불어났고 자금은 바닥났다. 생선은 잘 팔리니까 사채를 쓰라고 약혼자 친구가 부추겼다.

난 약혼자의 친구와 거래를 했다. 그리 나쁘지 않은 조건이었다. 그는 아주 영악한 사람이었다. 나도 윤택한 삶이 필요했다. 약혼자는 친구와 나를 의심하지 않았다. 사채를 끌어 쓴 뒤, 나는 조금 분주해졌다. 먼저, 회계 업무를 맡았던 약혼자 친구를 그만두게 했다. 약혼자는 그러지 말라고 했지만, 난 약간의 거짓말을 했다. 회사가 어려워진 후부터 출퇴근 시간이 일정하지 않다고. 아마도 다른 직장을 알아보는 눈치더라고. 하긴 그것은 거짓말이 아니었다.

월급이 두 달이나 밀렸다. 약혼자의 친구는 눈이 마주쳐도 인사를 건네지도 않았고, 입술을 삐죽이며 샐쭉하게 돌아섰다. 약혼자는 친구의 표정이나 몸짓 따위를 다 읽고 있었다. 친구는 약혼자 앞에선 늘 마음 좋은 사람처럼 넉넉한 웃음을 지어 보였지만 난 그의 교활함을 잘 알고 있었다. 약혼자는 한없이 자상하고 부드러운 목소리로 친구를 위로했다. 약혼자의 친구는 눈물을 글썽거렸지만, 난 왠지 모를 후련함을 느꼈다. 어쩌면 그는 정말 친구를 배신한다는 것이 내심 미안했는지도 모른다. 난 약혼자 친구의 눈과 귀가 되어 사채 규모와 내역을 낱낱이 보고했다. 아무려면 어떤가. 나는 그 돈으로 다시 시작하고 싶었다. 하지만 약삭빠른 약혼자의 친구는 사채업자에게 빌린 돈을 모두 인출하여 사라져버렸다. 나에게 주기로 약속했던 돈도 주지 않았다. 빚은 고스란히 약혼자에게 떠맡겨 졌다. 사채업자들은 이마 한가운데에 외뿔이 돋은 괴물처럼 집요하게 괴롭혔다. 그런데 약혼자가 더 큰 문제였다. 사는 게 다 무어냐고, 미쳐서 날뛰기 시작했다. 그는 보잘것없는 살림을 부수고, 아수라장을 만들었다. 서글픈 생각이 들었다.

"평생 행복하게 해줄게. 내 사랑 변미미!"

문득, 약혼자의 말이 저주스러워졌다. 물질을 향해 내달리는 욕망이라는 것은 참으로 무서웠다. 과연 그 말을 믿고 기다릴 수 있는 사람이 있을까? 나는 미련 없이 종적을 감추었다. 변미미라는 내 자신도 죽여버렸다. 며칠 동안은 꽤 괴로웠다. 하지만 곧 담대해졌다. 그 어떤 감정도 들지 않았다. 단지 살아야겠다는 욕망만이 꿈틀거렸다. 내가 무슨 잘못을 했는지 물음조차 갖지 않았다. 약혼자가 울며불며 내 허리를 붙들고 자신을 버리지 말아달라고 애원했다고 해도, 그의 따귀를 때렸을 것이다.

난 더 이상 그에게 미련을 갖지 않았다. 하지만 그는 마지막 변명이라도 해주기를 기다렸다. 밤새 살을 비비며 함께 잠을 잤던 약혼자였지만 그것은 중요하지 않았다. 그가 선물한 명품 시계와 핸드백은 곧바로 처분해버렸다. 그 후로 어떤 연락처나 흔적도 남기지 않았다. 그러니까 변미미를 죽이고 이사라로 다시 태어나던 날, 아주 잔인한 방식으로 이별을 통보하긴 했다.

'너를 잊겠어. 너도 나를 잊어. 구질구질하게 살지 말자.'

정확히 말해, 나를 알고 있던 사람과 우연히 길거리에서 눈이 마주칠 수 있는 몇천만 분의 일의 확률 속으로 사라지는 순간이었다. 난 실제로 이사라라는 여자를 만난 적은 없다. 물론 그녀도 나를 알지 못했다. 평생을 신용불량자로 범법자로 살 수는 없었다.

브로커가 연락을 해 왔다. 병원으로 갔다. 장례식장은 깊이를 가늠할 수 없는 동굴처럼 어둡고 음침했다. 분향소 앞에는 국화로 만든 영정 바구니나 근조 화환 하나 놓여 있지 않았다. 상주도 보이지 않았다. 게다가 장례 용품을 쌓아두는 곳을 분향소로 급조한 듯 출입구 왼편에 상복과 고무신 같은 잡다한 장례 용품이 무질서하게 쌓여 있었다.

영정 사진의 주인공은 젊은 여자였다. 많아야 이십 대 중반쯤으로 보였다. 무슨 이유로 젊은 나이에 자살을 한 걸까? 여자의 얼굴 어디에도 죽음의 그림자는 없었다. 여자는 주민등록증에 기재된 주민자치센터에 사망신고서가 접수되면 이 세상에서 사라질 터였다. 변미미로 말이다. 살아 있다는 것과 존재한다는 것은 별개의 문제였다. 살아 있으면서도 존재하지 않은 사람은 의외로 많다.

나는 영정 사진을 보았다. 생면부지의 젊은 여자지만 내가 죽일 변미미를 마주 보았다. 영안실에 싸늘한 시체로 누워 있는 사람은 이사라라는 여자였지만 내 자신이기도 했다. 영정 사진 속의 이사라, 아니 변미미가 나를 물끄러미 쳐다보고 있었다. 그녀의 눈빛은 오히려 나를 동정하는 것 같았다.

장례식이 끝나고, 의사의 사망 확인서를 첨부해 사망신고서를 접수했다. 담당 직원은 호적 프로그램에 변미미가 사망했음을 기재했다. 키보드를 몇 개 두드리는 것으로 나는 이 세상에서 완전히 제적됐다. 채 십 분도 걸리지 않았다. 세상에 태어나기 위해 엄마 배 속에서 십 개월을 기다려야 했고 이십오 년을 살아온 시간에 비해 죽음은 터무니없이 짧았다. 난 이사라로 다시 태어났다. 그녀는 죽음마저도 내게 도둑맞았다. 조금이라도 그녀와 비슷해 보이기 위해 주민등록증의 사진처럼 머리를 짧게 잘랐고, 희미한 사진만으로는 내가 그녀와 동일인이 아님을 알아보는 사람은 없었다. 그녀에 대해 아는 건 이십육 세의 나이에 생을 마감했다는 기록이 전부였다. 하다못해 그녀가 술집 접대부였다는 것도, 친인척도 없다는 것도 브로커를 통해 알았

다. 그녀의 성격이 어땠는지, 꿈이 무엇이었는지, 무엇을 좋아
했고, 어떤 버릇이 있었는지, 또 목소리는 어떤지, 정말 알아야
할 것들은 하나도 알 수가 없었다. 어차피 호적이란 건 개인의
편의를 위해서가 아니라 국가기관의 통제 수단으로 만들어진
것이다.

그녀는 변미미라는 이름으로 화장돼 흔적조차 없이 사라졌지
만 그녀는 여전히 존재하고 있다. 나를 죽이면서까지 이사라로
살고자 한 건, 신용불량자나 범법자가 아닌 평범한 여자로 살고
싶어서였다. 허탈감도 들지 않았다. 혼자 영화를 보거나, 혼자
음악을 듣거나, 혹은 혼자 라면을 끓여 먹는 것을 제외하면 달
라진 건 없었다. 난 여전히 결혼 컨설팅 회사에서 일을 했고, 사
람들을 만나고, 주변을 정리했다. 난 나의 부재에 무관심했다.
아무런 의미도 없고 아무것도 궁금해하지 않았다. 압둘라도 마
찬가지였다. 단지 서로 욕망하는 것이 같을 뿐이었다.

4

난 컴퓨터를 켠다. 대화방 창이 뜨고 순식간에 친구를 사귄
다. 그들은 나에게 선물을 보내주고 더러는 싱싱한 장미꽃을 배

달시켜주곤 한다. 사이버 세계는 매우 모호하고 애매하다. 나에 대해 아무것도 모르면서 친근한 척 군다. 왜 이렇게 살지? 나는 작은 원룸에 살지만 가상공간이 내 집이기도 하다. 게다가 원룸은 아주 좁지만 사이버 세계는 공간 제한이 없다. 난 원룸에서 잠을 자고 인터넷에서 텔레비전을 보고, 음식을 주문하고, 더러는 익명의 사람과 만나 잡다한 이야기를 하거나 섹스를 나누기도 한다.

원룸은 십 층짜리 건물의 지하에 있다. 아니, 정확하게 말하자면 바깥세상으로부터 단절되어 있다. 그래서 나는 출근을 하거나 퇴근을 하는 사람들과 마주칠 일이 없다. 이웃과 인사를 나누고, 담소를 하고, 조용히 웃고, 그러다가 카풀을 하고, 음식을 나누어 먹고, 사랑에 빠질 가능성도 전혀 없다. 그래도 불편한 것은 없다. 지루하지도 않다. 껌뻑껌뻑 켜졌다 꺼지는 사이버 세계가 있기 때문이다. 또 다른 나의 세계이기도 하다.

압둘라가 어디론가 떠난 지 일주일째다. 나로서는 꽤 긴 시간이다. 처음 이틀 동안은 꽤 담담했다. 전에도 그랬지만 그는 네이버 사건 사고 기사란에 댓글을 달아 소식을 전했다. 그의 닉네임은 리버티다. 언제, 어디에서 출발하여 어디에 있는지, 혹은 언제 원룸에 도착할 거라는 비밀 코드의 글귀를 남기곤 한다. 하지만 일주일이 넘도록 그 어떤 은유적 글쓰기도 없다. 내가 무슨 실수를 한 것일까. 아니면 그에게 무슨 일이 일어난 걸까. 그렇다고 네이버 사건 사고 기사란에 무슨 일이 있는지 물을 수도 없다. 그는 더 이상 내게 욕망을 느끼지 않게 된 것일까. 다른 상대를 찾은 것일까.

난 컴퓨터를 부팅하고 네이버 사건 사고 기사란을 검색한다. 댓글에는 그 어떤 메타포도 없다. 그가 댓글을 달지 않는다는 것은 기사를 읽지 않거나 혹은 고의적으로 소식을 끊은 것이다. 나는 스마트폰을 집어 들고 번호를 누른다. 전화기가 꺼져 있어 소리샘으로 연결 중이라는 말이 쏟아진다. 문득, 슬퍼진다. 그가 그리워서가 아니다. 또다시 나만의 공간에서 벗어나 지상 세계를 활보해야 한다. 숨 쉬고 있는 한, 돈이 필요하다. 나는 매달 그가 주는 봉투로 생활해왔다. 일주일 후엔 빈털터리가 된다. 내일까지 댓글이 달리지 않으면 내게 이별을 통보한다는 의미다. 상관없다. 난 여느 날과 다름없이 컴퓨터에서 친구를 만나고, 사이버 섹스를 나누고, 주변을 정리할 것이다. 그의 부재를 잊으려고 노력할 필요도 없다. 인터넷 채팅으로 만난 수많은 사람 중 한 명일 뿐이다.

나는 스마트폰으로 압둘라의 사진을 검색해본다. 그는 언제나 모자를 눌러쓰고 두툼한 파카에 청바지 차림이다. 모자 밑으로 드러난 턱 선이 가녀린 것에 비해 코는 크고 오똑하다. 코가 얼굴의 반은 차지한 것 같다. 언제나 같은 모습이다. 갑자기 아랍 점이 보고 싶어진다.

'배신하면 확, 찢어 죽일 거야. 알아들었어!'

나는 옷을 벗는다. 앙상하다. 가랑이 사이의 거웃은 말의 갈기 같다. 입술에서 뜨거운 숨이 토해진다. 작은 불씨 하나로도 활활 타오를 것만 같다.

"망할, 어쩌란 말이야? 이 미친 욕망들!"

내 몸이 내 몸 같지 않다. 몸의 떨림을 억제할 수 없다. 나는 방바닥에 몸을 붙인 채 엎드린다. 거울에 앙상한 등뼈가 보인다. 우툴두툴하게 골이 나 있다. 박물관에 전시된 고생물의 뼈대 같기도 하다. 나는 거울을 통해 내 눈을 물끄러미 들여다본다. 눈알이 튀어나올 것만 같다. 사람의 눈빛이 아니다.

나는 방문 손잡이를 잡는다. 문을 열고, 나가기만 하면 된다. 하지만 늘 쭈뼛거리고, 망설여진다. 두려운 것도 아니다. 다만 사람들을 만나는 것이 거추장스러울 뿐이다. 누군가에게 몰두할 필요도 없고, 몰두하지도 않는 것이 편하다. 천천히, 방문 손잡이를 놓는다.

"계세요?"

누군가가 찾아왔다. 나는 인터폰을 확인한다. 처음 보는 사람이다.

"변미미? 택배 왔습니다."

나는 그렇다고 해야 할지 아니라고 해야 할지 잠시 망설여진다. 할 수 없이 문을 빠끔히 연다. 압둘라가 보낸 택배다. 남자는 아주 사무적인 표정으로 사인을 받고 서둘러 걸음 한다. 그가 떠난 지 일주일이 넘었다. 그러니까 구 일째다. 난 여전히 그가 필요하다.

나는 네이버 사건 사고 기사란에서 리버티라는 닉네임을 검색한다. 일본 오키나와에서 미군 병사가 여중생을 성폭행했다는 기사가 먼저 눈에 들어온다. 그 여파로 누군가가 오키나와 미군 시설에 택배를 보냈고, 그 택배가 폭발해 사십 명의 미군 사상자가 발생했다는 기사에 댓글이 달려 있다. 일본 오키나와에 배낭여행을 갈 계획이었는데 테러 때문에 걱정된다는 글이 짤막하게 올라와 있다. 난 그와 연락을 하지 못한 지 일주일이 넘었고, 그 글귀가 나에게 알린 이별이라는 생각이 든다. 나는 일본은 잊고 미국 여행을 권한다. 곧바로 리버티의 글이 뜬다. 자신도 배낭을 메고 미국 본토로 갈 계획이라고, 그동안 고마웠다, 라는 글자를 남긴다. 일종의 메타포다. 나는 그곳 주소를 검색하여 EMS 국제특급 소포를 우편으로 보내면 된다. 웹 사이트에서 채팅이나 댓글을 이용하는 수십만 명 중 누군지 알 수 있는 방법은 없다. 나 역시 전 세계의 수천만, 아니 수억, 수십

억 명 중 한 명일 뿐이다. 압둘라는 봉투를 선물하는 것을 잊지 않았다. 난 내일이면 우체국으로 갈 터이고 다른 날과 다름없이 사이버 세상에서 비타민이라는 닉네임으로 살아갈 것이다. 난 봉투를 확인해본다. 반년은 놀고먹을 수 있는 생활비가 들어 있다.

5

구급차의 사이렌 소리가 한밤의 정적을 헤집고 지나간다.

난 이틀 동안 잠만 잤다. 압둘라가 보낸 소포를 EMS 국제특급 우편으로 보내고, 이틀 연속 악몽을 꾸었다. 더 이상 잠이 올 것 같지 않다. 주머니를 죄다 뒤져본다. 바지 주머니에서 영수증이 나온다. 미국 워싱턴 주소가 적혀 있다. 압둘라에게 물어보고 싶다. 당신은 누구죠? 거울 속의 여자가 입술을 오물거린다. 입술 모양이 부자연스럽다. 난 치아가 드러나도록 웃어본다. 거울 속의 여자는 웃고 있지만 눈은 웃고 있지 않다.

약혼자의 눈도 그랬다. 웃어도 입꼬리만 휘어질 뿐, 눈웃음은 없었다. 내 욕망이 약혼자의 존재를 잊게 했을까. 아니면 나의 본능이 그를 지웠을까. 그가 조금도 그립지 않다. 난 늘 유령이다. 내가 누군지, 내가 존재하는지도 모른다. 나는 지갑을 열어 본다. 신분증이 보인다. 내 신원을 추리할 유일한 증표다. 하지만 그것마저도 가짜다. 인간이 만든 제도는 가볍고 파삭하다. 게시판에 올라온 광고나 스팸 메일을 삭제하는 것과 다름없다.

난 컴퓨터 앞으로 걸어간다. 현기증이 인다. 벽 모서리를 짚고 간신히 몸의 중심을 잡으면서 고개를 돌린다. 눈앞에 거울이 있다. 거울 속의 여자는 여전히 행복해 보이지 않는다. 몰라보게 헬쑥해진 얼굴은 이전보다 한층 더 우울하고 처량해 보인다. 그러나 여러 번 대면했던 기억 때문인지 제법 친숙하게 느껴진다. 변미미, 아니 이사라의 눈에 물기가 어려 있다. 난 거울을 향해 손을 뻗어본다. 차가운 유리 표면에 손가락 끝이 닿는다. 눈앞이 점차 부옇게 흐려진다. 큰 변화가 생기기엔 칠 개월은 너무 짧은 시간이었다. 그 여파로 매일 악몽을 꾼다. 폭탄이 터지는 꿈이다. 세차게 솟구쳐 오르던 무언가가 요란한 폭음을 내면서 터진다. 무수한 파편들이 머리 위로 마구 쏟아진다. 더러는 하얀 눈송이가 되어 나풀거리며 내 머리 위로 떨어지고, 더러는 달력에서 보았던 아랍 해변의 황금빛 모래가 핏빛으로 물든다. 나는 그 장면에서 퍼뜩 눈을 떴다. 꼬박 이틀을 잤다.

나는 컴퓨터를 켠다. 컴퓨터의 팬 돌아가는 소리가 요란하다. 곧이어 모니터와 본체에서 열기가 뿜어져 나온다. 창문을 열고 싶다. 하지만 창문은 없다. 난 네이버 사건 사고 기사란의 리버티의 댓글에 안부를 전한다. 미국엔 잘 도착했느냐는 인사다. 순식간에 댓글이 삭제된다. 우린 이미 경계가 모호해진 세계에 살고 있다. 나도 없고, 그도 없고, 우리도 없다. 그저 의미를 부여하기 나름이다. 구역질이 인다. 먹은 것들이 넘어온다. 나는 화장실을 향해 달려간다. 좌변기를 껴안는다. 그 순간 약혼자와 압둘라의 얼굴이 떠오른다. 왜지?

문득 신선한 공기가 마시고 싶어진다. 원룸 문을 열고 옥상으로 올라간다. 달빛이 홀로 점령하고 있는 옥상은 지나치리만큼 호젓하다. 눈에 보이는 항구도시의 풍경도 그대로다. 다만 옥상 모서리에서 자생하던 식물들의 잎이 누렇게 변색되어 있다. 줄기도 말라비틀어져 있다. 그것이 변화라면 변화다. 나는 EMS 국제특급 우편물 영수증을 꺼낸다. 느닷없이 명치끝이 뜨거워진다. 이제 악몽을 꾸지 않아도 되리라. 나는 오른팔을 힘차게 위로 내뻗는다. 국제우편 영수증을 하늘 높이 힘껏 던진다. 순간 스마트폰이 자지러진다. 난데없는 동영상 메시지다. 바탕화면에 아름다운 아랍 해변의 풍경이 나타난다. 따사로운 햇살에 아랍 해변이 반짝거린다. 사막과 오아시스의 나라 이라크. 그곳엔 강렬한 햇살을 받으며 맑은 공기를 마시고 자란 파파야 나무가 있다. 난 이라크 달력에 있던 풍경을 바탕화면에 깔아놓았다. 이라크엔 정말 이런 멋진 해변이 있기나 한 걸까. 어쩌면 그는 미국 본토가 아닌 고향으로 돌아갔는지도 모른다.

나는 You Tube에 접속한다. 동영상에 비친 하늘은 잔뜩 무겁게 내려앉아 있다. 어쩌면 눈이 올지도 모른다. 화면 속 남자의 눈이 내 눈과 마주친다. 남자의 눈빛은 매섭다. 남자의 얼굴이 확대된다. 그 남자다.

"그래도 참고 살아보려 했어. 그러니까 조금만 더 참아보려고 했어. 하지만 너무 힘들어. 찢어 죽이지 못할 바에야 내가 찢겨 죽는 게 낫지. 안 그래?"

나는 남자의 말에 그만 아득해지고 만다. 건물 아래엔 형형색색의 차들과 무장한 경찰이 총을 들고 뛰어다닌다. 순식간에 폭음과 함께 불꽃이 인다. 건물이 흔들리고 유리 파편이 흩날린다. 무너진 건물에서 부상자들이 실려 나온다. 오색의 불꽃들이 맴을 돌고, 자막이 뜬다. 신원을 알 수 없는 남자가 세상을 조롱하며 자폭했다는 글귀다. 난 폭탄의 파편을 정통으로 가슴에 맞은 것처럼 숨이 막혀온다. 다시 반복해본다. 동영상 속의 남자는 분명 그 사람이다. 어쩌면 내가 두고 떠나온 그 모든 것이 그렇게 될지도 모른다는 생각이 든다.

여자만 汝自灣

1

헛구역질 소리가 들렸다.

파도 소리에 묻힐 정도의 토악질이었지만 신경이 곤두섰다. 나는 창문 틈으로 밖을 살펴보았다. 순간, 심장의 피돌기가 빨라졌다. 내가 아는 한 세상에서 가장 성질머리가 까칠하고, 불만이 많은 용수가 돌아왔다. 그가 집을 뛰쳐나가기 전에는 바다와 뭍이 공존하는 갯벌에서 잡부로 일했다. 고된 일상이었지만 꼬막 캐는 일이 능숙했다. 하지만 갯벌 생활은 그렇게 잘 풀리지 않았다. 그놈의 성질머리가 문제였다. 툭하면 욕지거리였고 경우에 따라선 멱살잡이도 불사했다. 그가 갯벌 잡부인 남 씨의 얼굴에 주먹을 날리곤 꼬막 캐는 일을 때려치워 버렸다. 첫 직장부터 엇나가기 시작했다. 나 또한 들볶이며 살았다. 그런 놈이 다시 나타났다. 용수가 비틀거리며 여자만 끝자락으로 걸음했다.

"죽자. 차라리 뒈져버리자."

욱하는 기질로 보아 그가 내린 결론치고는 지극히 정상이었다. 용수는 얼굴을 일그러뜨리곤 허리에 밧줄을 감았다. 밧줄에는 큼지막한 돌덩이가 매달려 있었다. 난 마른침을 꿀꺽 삼켰다. 그가 마당 끝자락으로 밀려드는 여자만을 응시하곤 순식간에 몸을 날렸다.

나는 여자만으로 뛰어들었다. 비릿한 해감내가 콧속으로 밀려들었다. 그의 허리에 매여 있던 밧줄을 풀고 힘껏 다리를 저었다.

용수를 마당으로 끌어 올렸다. 잠시 기절한 상태였다. 난 그의 가슴팍에 손바닥을 대고 힘껏 눌렀다. 그가 크게 숨을 들이켜며 음식물을 토해냈다. 지독한 술 냄새가 났다. 그때 누군가가 쿵쿵거리며 뛰쳐나왔다. 아저씨였다.

"무슨 일이냐? 박용수! 너 무슨 일을 저지르려고 그런 거야! 엉."

뜻밖이었다. 아저씨의 입에서 터져 나온 말은 박용수라는 이름이었다. 잘못 들었을 수도 있었다. 아니면, 아주 똑같은 발음이라도 다른 의미를 지닌 말인지도 몰랐다. 아저씨는 무언가 대단한 이치를 깨달은 사람처럼 그런한 눈길로 용수를 내려다보았다. 혼돈스런 광경이었다. 용수가 아저씨의 얼굴을 쳐다보았다. 눈물을 글썽이고 있었다. 나는 의문에 찬 눈으로 아저씨와 그의 낯빛을 번갈아 살폈다.

'사는 것이 힘들어 자살하려 한 걸까. 아니면 실연이라도 당했나? 실연은 아니겠지. 저런 놈을 좋아할 여자는 없을 테니까.'

아저씨가 그를 부축하며 방으로 들어섰다. 그가 몸을 옹송그리며 아저씨의 옆구리를 파고들었다. 아무에게나 행패를 부리던 놈이 맞나 싶게 순하고 불쌍한 모습이었다. 아저씨 역시 옷을 끌어당겨 그의 몸을 덮어주려고 애썼다. 예감이 좋지 않았다. 나는 당혹스러운 눈길로 아저씨와 그의 뒤통수를 노려보았다.

용수는 나와 눈이 마주치기라도 하면 막말을 퍼부었다. 더러는 내 얼굴을 퍽퍽 쳐댔다. 코피가 터져 나오면 코 푼 휴지로 내 코를 틀어막았다. 내 처지가 한심스럽기도 했다. 온몸이 아프기도 했지만 너무나 억울하여 울화가 치밀었다. 그나마 다행인 것은, 내 눈에 멍이 들면 엄마가 소주잔을 기울여주었다.

"앞길이 창창한 아들의 마음을 아프게 했어. 용수 그 놈이 문제야."

물론 그렇게까지는 자책하지 않았다. 난 알고 있었다.

"결국, 수컷은 그놈이 그놈이야. 수컷들 간의 필연적인 성장 단계야."

엄마는 늘 수컷들 사이를 그렇게 정의했다. 방법이 없었다. 용수 눈에 띄지 않도록 조심하는 수밖에 없었다. 썩 내키진 않았지만 그의 활동 시간엔 숨죽여 있는 수밖에 없었다. 뭐랄까. 엄마의 표현을 빌리자면, 수컷들의 서열 같은 것이었다. 강자가 나타나면 엉덩이와 팔을 요리조리 돌려 우스꽝스럽게 춤을 추는, 뭐 그런 몸짓이었다. 물론 엄마의 논리였다. 참 알다가도 모를 일이었다. 다른 엄마들 같으면 분기탱천하여 닥치는 대로 물건을 집어 던지거나, 쌍욕이라도 퍼부어야 마땅했다. 어쨌거나 엄마의 논리와 내 생각은 주파수가 맞지 않았다.

2

엄마가 갯벌에 허리를 숙이고 있었다. 갯벌은 지겨운 일구덕이었다. 거칠고 부르튼 손등이 노동의 강도를 짐작게 했다. 난 휑한 엄마의 얼굴을 슬쩍 훔쳐보았다. 주름진 눈가에 고생 그늘이 그득했다.

"용수가 돌아왔어."

"그래? 안 봐도 뻔하다. 그 성질머리에 어디 진득하게 붙어 있지도 못했을 거다. 그런 놈이 다시 나타난 거라면 안 봐도 비디오요, 안 들어도 오디오다. 당분간 시끄럽겠구나. 누가 그 애비 핏줄 아니랄까 봐 성질머리만 더러워가지고."

엄마가 아랫입술을 비틀어 올렸다. 나는 그가 간밤에 자살극을 벌였다는 말은 하고 싶지 않았다.

"사람이 조금 바뀐 것도 같던데."

"바뀔 놈이 아니다. 몰골이 뻔하지? 옷이나 한 벌 사다 줘라. 네 눈썰미면 정확할 거야."

엄마는 무언가를 생각하는 눈치였다. 사뭇 호기심 어린 얼굴로 샐쭉 입꼬리를 들어 올렸다. 억지로 웃는 경우엔 오른쪽 입꼬리가 먼저 올라가는 경향이 있었다. 그런데 동시에 입꼬리가 올라갔다. 여느 때와는 다른 웃음이었다. 느낌이 좋지 않았다. 나는 꼬막 껍데기를 발로 걷어찼다. 엄마는 술이라도 거나하게 취하면 으레 풀썩 엎드리고 울음을 터뜨렸다.

"눈 딱 감고 죽어버리고 싶다. 잘 살아보겠다고 재혼까지 했는데, 용수가 엇나가니까 서방이라는 작자도 날건달처럼 미쳐가고. 엄마는 너밖에 없다. 공부만 열심히 해. 무슨 수를 쓰더라도 꼭 대학 공부까지는 끝내게 해줄 테니까."

엄마는 무릎까지 꿇고 눈물을 철철 흘리곤 했다. 물론 내 앞에서만 그런 것이 아니었다. 아저씨 앞에서도 마찬가지였다. 여자의 눈물은 나이를 떠나서 가장 극적인 효과를 가져온다는 사실을 잘 알고 있는 엄마였다. 일부러 그런 건 아니겠지만, 눈물로 톡톡히 효과를 본 엄마는 수시로 훌쩍거렸다. 성격이 단순한 아저씨는 엄마의 눈물 연기에 쉽게 넘어갔다.

나는 엄마가 눈물 연기를 선보일까 봐 발길을 돌렸다. 용수가 다시 돌아온 것을 은근히 반기는 기색이었다. 불길한 예감이 들었다. 그럴수록 엄마의 눈에 들어야 한다고 마음을 다잡았다. 효도를 하기 위해서가 아니었다. 그들 부자를 벗어나 따로 오붓하게 살고 싶어서였다. 그들과 함께 가족을 이루고 사는 상황만큼은 막아야 했다.

난 할인 마트로 들어섰다. 진열대를 오가는 사람들의 발길이 분주했다. 용수의 환영이 눈앞에 아른거렸다. 나도 모르게 잇새 사이로 한숨이 터져 나왔다. 그들 부자와 가족을 이루고 살 일이 막막했다. 나는 대충 옷가지를 집어 들었다. 삼 개월 할부로 싸구려 옷을 구입하곤 매장을 둘러보았다. 낯익은 위인이 얼쩡거리고 있었다. 난 곁눈질로 용수를 째려보았다. 눈이 마주쳤다. 나는 재빨리 사람들 사이로 몸을 숨겼다. 휴대폰에 메시지가 떴다. 용수였다. 서둘러 매장을 빠져나왔다. 그가 나를 불러 세웠다. 가슴 한쪽이 뜨끔했다.

"긴히 할 말이 있어"

"나 무지 바쁘거든."

"잠깐이면 돼."

그가 커피숍으로 들어갔다. 여자만이 한눈에 내려다보이는 전망 좋은 찻집이었다. 난 그의 얼굴을 힐끔 쳐다보았다. 얼굴이 까칠해 보였다. 남의 이목을 신경 쓰는 일 따윈 상실한 지 오래였다.

"잘 지내냐?"

"누구?"

"네 엄마! 아니, 우리 어머니는 잘 지내고 있지? 아버지가 못 살게 굴지는 않고?"

순간 내 귀가 의심스러워졌다. 어머니라니. 간밤에 자살극을 벌이더니 머리가 어떻게 되어버린 게 아닌가 싶었다.

나는 친구와 약속이 있다며 일어섰다. 무엇보다도 엄마가 어떻게 생계를 꾸려나가는지, 그에게 말하고 싶지 않았다.

"커피값은 내가 낼게."

난 계산서를 덥석 움켜쥐었다.

'속아서는 절대 안 된다. 수작을 부리는 거다.'

거듭 마음을 다잡았다.

엄마는 그토록 애착을 가졌던 가정을 미련 없이 팽개쳐 버렸다. 좀 더 고상한 말로 표현하자면 별거 중이었다. 용수 때문이기도 했다. 아저씨도 날건달이 되어가고 있었다. 시도 때도 없이 술을 마셔댔다. 갯벌 사람들의 말마따나, 넋이 빠져버린 사람 같았다.

일주일 전에도 그랬다. 아저씨가 술에 잔뜩 취해 방문을 열어젖혔다. 엄마가 아저씨를 향해 달려들었다. 진공상태와 같이 아무런 잡음도 없는 한밤중에, 아저씨의 외마디 비명 소리가 여자만을 흔들어댔다. 엄마가 아저씨의 얼굴에 핏물 오선을 그려놓았다. 난 두려움에 찬 눈빛으로 아저씨를 지켜보았다. 하지만 엄마는 아랫입술을 비틀어 올렸다.

"아파?"

"이런, 빌어먹을."

아저씨는 코뿔소처럼 콧김만 내뿜었다. 거기까지가 한계였다. 다른 행동을 하면 엄마가 달려들어 얼굴에 핏물 오선을 다시 그릴 것이 뻔했다. 아무리 생각해봐도 한심한 위인이었다. 엄마가 쏘아붙였다.

"염병하지 말고 퍼질러 잠이나 자!"

아저씨는 입술을 앙다물고 이불 속으로 몸을 구겨 넣었다. 더 이상 미동도 하지 않았다. 엄마의 동공에 눈물이 번지기 시작했다. 체념한 모양이었다.

3

엄마는 나에게 내일의 희망을 걸고 있었다. 물론 그런 기대를 충족시킬 가능성은 희박했다. 설사 공부를 잘한다고 해도 엄마가 꼬막 캐서 대학을 보내기란 힘든 상황이었다. 나도 용수에 비해 나을 것이 없었다. 툭하면 싸움질에다 공부를 잘하는 편도 아니었다. 그나마 특별히 관심이 있는 과목도 없었다. 태권도 동아리에 들어갔지만 품새는커녕 걸레질만 했다.

얼마 전에도 사고를 쳤다. 전교에서 일 등을 도맡아 하고 있는 흰 얼굴과 시비가 붙었다. 싸우고 싶지 않았다. 그냥 땅바닥만 내려다보았다. 순식간이었다. 흰 얼굴이 내 오른쪽 볼을 사정없이 후려쳤다. 그래도 뒤돌아보지 않고 걸었다. 흰 얼굴이 개처럼 으르렁거렸다. 공부깨나 한다고 거들먹거리는 놈이었다. 난 공부도 못하고 집안이 빈곤하다는 이유로 그냥 참았다. 아저씨의 말마따나 내가 가진 것이라곤 악과 깡이 전부였다. 내 처지가 한심스럽기도 했다. 또다시 주먹이 날아들었다. 코에서 피가 터져 나왔다. 너무나 억울하여 눈물이 날 지경이었다. 도무지 참아지지 않았다.

"내 코에 다짜고짜 주먹을 날리다니. 너도 맞아봐. 전교 일 등이면 다야!"

나는 주먹으로 흰 얼굴의 정수리를 정확하게 내리쳤다. 녀석
의 눈동자가 빨갛게 충혈되었다. 왠지 그대로 교무실로 달려갈
것 같은 예감이 들어 마음이 조마조마했다. 흰 얼굴이 두 손으
로 머리를 감싸 쥐더니 픽 하고 쓰러져 버렸다. 결국 어쩔 수 없
이 나 스스로 교무실로 걸음 했다. 담임 선생님이 대뜸 머리를
주먹으로 쥐어박았다.

"이놈의 자식을 그냥! 뵈는 게 없냐? 전교 일 등 머리에 주먹
을 휘둘러? 그 학생은 학교의 명예를 전국적으로 드높일 보물
이야. 보물 깨지면 네놈이 책임질 거야? 가서 빌어! 잘못했다
고. 하라는 공부는 안 하고 주먹질을 하구 다녀? 공부도 못하는
자식이. 그것도 전교 일 등 머리를 때리다니. 너 미친놈 아니
야?"

선생님은 내 머리를 수없이 쥐어박았다. 나는 실어증이라도
걸린 것처럼 말이 나오지 않았다. 전교 일 등 머리만 머리고 내
머리는 대가리인가 싶었다. 그것으로 끝난 게 아니었다. 선생
님이 엄마를 학교로 불렀다. 선생님과 면담을 마치고 나온 엄마
가 내 머리통을 주먹으로 쥐어박았다. 오지게 매웠다.

"내가 네놈 때문에 못살아. 창피해 죽겠어. 뭣하러 낳았나 몰
라."

나는 죄질이 아주 나쁜, 흉악한 학생이 되어버렸다. 그런 날

이면 엄마의 잔소리를 피해 가는 대신 그 벌로 갯벌에서 꼬막 캐는 일을 도와야 했다.

그렇듯 나는 별 볼 일 없는 학생이었다. 공부도 못하고 취미도 없었다. 그나마 X 제곱 Y 제곱, 더구나 미적분으로 넘어가면 골머리가 지끈거렸다. 애초부터 대학 진학은 꿈도 꾸지 않았다. 삶이란 무엇인가? 수학 공식이나 영어 단어를 하나 더 아는 것? 그래서 대학에 들어가고 공무원이나 대기업 직원이 돼서 탄탄대로를 달리는 것? 여자만에서 태어나 갯벌밖에 모르는 나에겐 개 풀 뜯는 소리로 들렸다. 갯벌 삶도 나쁘지 않았다. 오묘한 자연의 대서사시를 보고 만지고 느낄 수 있는 삶을 아무나 누리고 사는 건 아니다 싶었다.

여자만에 바닷물이 들이차면 갯벌은 거대한 자궁이 되었다. 철벅철벅 육지 가랑이 사이를 간질이다가 제풀에 지치면 악을 쓰듯이 파도를 퍼붓고 악다구니를 해댔다. 과묵한 육지는 꿈쩍도 하지 않았다. 그때마다 바다가 육지 이름을 불러대는 소리가 아스라하게 들렸다. 나는 두 개의 공간에서 벌어지는 밀고 당김을 멀거니 지켜보았다. 바다가 사랑하고 있다는 것을 알면서도 육지는 시치미를 뚝 떼고 짐짓 모른 체했다. 바다는 지치지도 않는지 물때마다 악을 써댔다.

만조 때에는 왁자하던 바다도 잠잠해졌다. 다만 육지의 가랑이 사이를 가만가만 파고들 뿐이었다. 이랑 꼭지를 젖히고 신음 소리를 토해내는 바다는 참 아름다웠다. 바다는 만조에 걸맞게 희고 묽은 분비물을 끊임없이 게워냈다. '조금' 때에는 달랐다. 진한 해감내를 풍기며 육지를 유혹했다. 그랬다. '조금' 물때는 놀라울 정도로 뜨거웠다. 숨이 넘어갈 정도로 목말라 있었고, 짧고 뭉뚝한 이랑 꼭지에 퍼런 물살이 출렁댔다. 결국 성질 급한 조금 물살은 육지의 바지 자락을 물어뜯었다. 물어뜯긴 육지의 살점에는 새살이 자라났다. 사실 조금 물때가 육지를 사랑하기엔 너무 메말라 있었다. 육지도 조금 물때를 받아들이지 못할 때마다 좌절과 고통으로 살점이 떨어져 나갔다. 유난히 시끄러운 조금 물때가 끝난 날은, 육지에 시퍼런 멍 자국이 생겨났다. 그럴 때면 갯사람들은 아주 긴 시간 동안 공을 들여 육지와 바다가 만들어낸 살점을 파헤쳤다. 그것이 꼬막이었다. 나는 두 개의 공간이 벌이는 사랑의 몸짓을 볼 때마다 여자만이 정겹게 느껴졌다.

4

엄마는 개불처럼 몸을 오그리고 꼬막을 대야 안으로 내던졌

158

다. 갯벌 사람들도 피곤에 지친 눈꺼풀을 내리깐 채 노동요를 되새김질했다. 갯벌에 바닷물이 들이차야만 작업이 끝났다.

먼바다에서 너울 파도가 밀려들었다. 갯벌과 바닷물이 뒤섞이는 물때였다. 갯벌은 곧 바다로 변했다. 갯일을 마친 사람들이 대야를 끌고 뭍으로 걸음 했다. 갯벌의 넉넉함이 숱한 갯사람들을 먹여 살린다고는 하지만 지독한 일구덕이었다. 갯벌에 깔린 삶의 무게가 남다른 탓이었다. 엄마는 자꾸만 발을 헛디뎠다. 밟아 가는 갯벌이 물결처럼 출렁거렸다. 난 가슴속에 앙당그러져 있던 숨을 토해냈다.

아저씨는 부인과 이혼하고 엄마와 재혼했다. 그들 부부 사이에 살가운 말 한마디 오고 간 적이 없었다. 부부 사이가 맞나 하는 의문이 들 만큼 빠듯한 눈꼬리를 추켜올리며 살았다. 더러는 성격 차이가 경멸과 모멸 사이를 넘나들었다. 어쩌면 이 세상을 살아가는 모든 인간들 사이의 관계인지도 몰랐다. 사랑하나요? 도대체 사랑이 뭔데? 사랑이란 그 누구도 알 길이 없다 싶었다. 눈에 보이거나 만져지지도 않는 것이 사랑이었다. 더구나 성격 차이라면 답이 없었다. 하지만 엄마는 달랐다. 솜사탕처럼 달콤하고 소다수처럼 톡 쏘는 화법을 상황에 따라 적절히 구사할 줄 알았다. 아저씨는 바로 반응했다. 엄마는 유혹의 달인이었다. 더러는 막 피어난 복사꽃같이 발그레한 얼굴을 내보이고,

더러는 순진한 척, 부끄러운 척 볼을 붉힐 줄도 알았다. 단순한 수컷이라면 그 누구도 배겨낼 재간이 없었다.

가끔, 엄마 때문에 아저씨가 이혼했다는 소문이 나돌았다. 그런 이야기가 들릴 때마다 나는 우습지도 않았다. 아저씨는 새대가리가 분명했다. 내 관점에서 본다면 그는, 정신 나간 위인이었다. 엄마는 그리 만만한 여자가 아니었다. 시쳇말로 백여우였다. 하지만 문제는 용수였다.

신앙이었던 그의 어머니가 아저씨에게 버림받은 뒤, 미움 · 절망 · 질투 · 분노를 나에게 풀었다. 어이없는 녀석이었다. 나와는 아무런 상관이 없었다. 녀석은 싸가지 없는 언행을 되풀이했다. 순한 양 같은 나로 하여금 쌍소리와 함께 주먹을 불끈 쥐게 만들었다. 엄마가 재혼할 당시 나는 고등학교 일 학년이었고, 용수는 고등학교 졸업반이었다. 그는 엄마 때문에 부모가 이혼했다는 소문을 굳게 믿는 눈치였다. 한심스러운 녀석이었다. 그의 머리를 후려치고 싶었다. 아니, 멱살을 움켜쥐고 흔들고 싶었다.

그는 나와 마주치면 수시로 엉덩이를 걷어찼다. 더러는 뺨을 거침없이 후려갈겼다. 날이 갈수록 주먹과 발길질에 힘이 들어갔다. 내가 마치 복날 똥개가 된 기분이었다. 어쩌다 엄마와 눈이 마주치기라도 하면 금방이라도 잡아먹을 듯이 험악하게 눈알을 부라렸다. 그때마다 대거리를 하고 싶었다. 그의 코뼈를 주저앉게 만들어버리고 싶은 충동이 일었다. 하지만 나의 본심을 들키는 날에는 뼈도 추리지 못하게 될 것이 뻔했다. 그는 나와 마주치면 거침없이 막말을 쏟아냈다.

"칵, 쪼개버릴까 보다. 저리 꺼져! 앞에서 얼쩡거리지 말고."

나는 순식간에 모가지가 비틀어지고 눈알이 빠지고 가루가 되어버렸다. 방법이 없었다. 꼬리를 바짝 내리고 걸음을 옮겼다. 그가 발을 걸어 넘어뜨렸다. 나는 용기를 내어 눈알에 힘을 주었다.

"쳐다보면 어쩔 건데. 죽을래? 어디서 눈알을 동그랗게 떠!"

'그럼 네놈은 네모나게 눈알을 뜰 수 있어?'라고 대거리를 하고 싶었지만, 더 이상 쏘아보지 못하고 고개를 돌렸다. 히죽거리던 그가 누런 코를 풀었다. 코 푼 화장지로 내 콧구멍을 틀어막았다. 가출이라도 하고 싶은 심정이었다.

그가 엇나가기 시작한 뒤로 엄마와 아저씨는 툭하면 싸움질이었다. 재수 없는 날이면 화살이 나에게 날아들었다. 게다가 아저씨는 술로 화를 녹였다. 그래서 늘 불안했다.

'엄마도 미쳤지. 저런 인간이 뭐가 좋다고 재혼을 했을까.'

하지만 되돌릴 수 없는 일이었다.

아저씨는 수시로 용수에게 욕설을 퍼부었다. 금방이라도 그의 목을 비틀고 갈비뼈를 부러뜨릴 기세였다. 가정환경도 그랬지만 집도 심각했다. 장판 밑에 깔린 신문지엔 늘 곰팡이가 피어 있었다. 질병에 걸리지 않는 것이 이상했다. 눅눅한 소금기에 젖어 있는 장롱이며 방문은 아귀가 맞지 않았다. 방 안은 푸석푸석한 엄마의 얼굴처럼 얼룩져 있었다.

그날도 그랬다. 아저씨의 목소리가 어두운 동굴에서 울려 나오는 소리처럼 방 안을 크게 울렸다.

"사춘기 소년도 아니고 왜 자꾸 엇나가는 거야!"

술주정이 시작될 징조였다. 그때 누군가가 방문을 활짝 열어 젖혔다. 용수였다. 그는 충혈된 눈으로 아저씨와 나를 노려보곤 입술을 질끈 사리물었다.

"꼬막 배를 사고 싶어요. 내일이라도 계약서에 도장을 찍어야 해요. 경매 물건이라 아주 싸게 살 수 있어요. 집을 팔아서라도 이천만 원만 만들어주세요."

"어림없는 소리! 집은 절대 팔 수 없어."

아저씨가 입에 거품을 물고 그의 말꼬리를 잘랐다.

"왜요. 그까짓 아줌마하고 저 새끼가 나보다 중요해요?"

순간, 거의 발악하듯 말을 내쏟던 용수의 고개가 휙 돌아갔다. 아저씨가 그의 뺨을 사정없이 후려갈겼다.

"왜 때려요? 제가 틀린 말 했어요?"

162

고래고래 악을 쓰던 용수가 두 눈을 뒤집어 깠다. 길길이 날 뛰어 봐도 어쩔 도리가 없었다. 유일한 방법은 집을 은행에 맡기고 대출을 받아 쓰는 것이었다. 워낙에 집이 허름한지라 보증인 두 명이 필요했다. 그 누구도 서명하기를 꺼렸다.

"나는 아버지처럼 갯벌에서 잡부로 늙어가기 싫어요. 꼭 배를 마련해서 사업가가 될 거라고요. 두고 봐요."

그는 눈에 시퍼런 불을 켜고, 독기 어린 눈으로 아저씨를 노려보았다. 한바탕 붙어버릴 기세였다. 난 두 사람을 떼어놓을 생각이 추호도 없었다. 그들 부자간의 일이기도 했다. 그 사건 뒤, 아저씨는 부모 자식 간의 인연을 이으려 하지 않았다. 녀석이 어떻게 생각하든 그들의 관계란 의절이라는 말로 정리되었다. 자식으로 대우해주지 않는다고 해서 양심의 가책을 받는다든지 하는 일은 털끝만큼도 없어 보였다. 왜냐하면 용수가 일방적으로 돈을 만들어내라고 윽박지른 뒤, 행패를 부렸기 때문이었다. 상식 이하의 행동이었다. 그러나 호적상으론 자식의 위치를 고수하고 있었다. 아저씨도 적극적으로 인연을 끊을 생각은 없어 보였다. 그놈의 성질머리가 문제라 여기며 체념하고 살았다. 하지만 용수는 수시로 주먹다짐을 벌이고 다녔다. 그때마다 아저씨의 무자비한 교육용 주먹이 그의 몸뚱이를 강타했다. 덕분에 용수는 파스를 붙이고 살았다. 그렇다고 계속 당하고 있을 그가 아니었다. 아저씨가 술에 취해 잠든 틈을 노려 집 문서를 들고 나가버렸다. 아저씨가 입에 거품을 물었다.

"그래! 다시는 집으로 돌아오지 마라. 차라리 그게 낫겠다!"

예상했던 일이었다. 그는 이 년 동안 종적을 감추어버렸다. 난 크게 만세를 불렀다. 그 만세 소리는 발끝에서부터 뱃속을 뒤틀어 올라와 터지는 환희의 소리였다. 그랬다. 가슴속에서 어떤 신선한 감동이 물결쳤다.

아저씨는 매일 술에 절어 집으로 들어왔다. 그날도 갯벌 일을 마치고 한잔 걸쳤는지 목소리가 하분하분 젖어 있었다. 아저씨를 노려보던 엄마가 눈꼬리를 치켜세웠다.

"하루도 빠지지 않고 술에 절어 집으로 와! 누가 술꾼 아니랄까 봐 그래! 저런 위인이 뭐가 좋다고. 내가 제정신이 아니었지. 이러려고 청혼한 거야?"

"뭐? 내 마음을 알기나 해?"

"알고 싶지 않아!"

"이런, 열불 나서 못 참겠다."

아저씨가 옆에 있던 재떨이를 집어 던졌다. 엄마가 몸싸움을 벌였다. 아저씨의 성질머리가 아무리 거칠어도, 대야를 허리춤에 매단 채 갯벌을 헤치며 독하게 살아온 엄마였다. 더러는 여리고 감수성 많은 눈물도 풀어놓을 줄 아는 여자였다. 그랬다.

여자만엔 갯벌이 어느 곳에나 깔려 있었다. 점점이 박힌 섬들 사이로 바닷물이 빠져나가면 검붉은 속살을 드러냈다. 그 차진 갯벌에서 오기와 깡을 배웠다. 갯벌에서 쉬운 일이란 아무것도 없었다. 오로지 어금니를 악물고 버텼다.

아저씨가 어금니를 악물고 우악스런 주먹을 들어 올렸다. 엄마도 손톱을 세우고 달려들었다. 그의 얼굴을 정확히 겨냥해 손톱을 내리꽂았다. 큰 덩치가 비명을 내질렀다. 엄마는 기어코 그의 무릎을 꿇렸다. 더하여 리얼한 눈물 연기까지 선보였다.

"내가 당신 만나 행복하게 살려고 부푼 꿈을 안고 재혼했는데, 이게 뭐냐? 내가 갈 데가 없어서 이러고 사는 줄 알아? 내가 당신을 얼마나 사랑하고 사는데. 당신도 불쌍하고 당신 아들 용수도 마음에 걸리고, 그래서 사는 거야. 내 마음을 알기나 해?"

"그래그래. 내가 당신의 마음 잘 알지. 용수가 속을 썩이니까 괴로워서 그러지."

"그걸 말이라고 해? 용수만 자식이고 나는 뭐냐! 저기 자고 있는 아이는 또 뭐냐? 이참에 내가 나가 살겠어. 당분간 서로 떨어져 지내. 배고프면 갯벌로 나와 꼬막은 줄 테니까."

"그래도 당신은 내 깜찍이야."

엄마의 리얼한 눈물 연기가 성공을 거두는 순간이었다. 나는 그때 이상한 기분에 사로잡혔다. 마치 몸의 일부분이 사라지는 것 같은 느낌이었다. 천천히 심호흡을 했다. 하지만 그 느낌은 사라지지 않고 더욱 또렷해졌다. 그 느낌은 아저씨가 엄마를 '깜찍이'라고 부를 때마다 반복되었다. 그런 날이면 잠을 이룰 수가 없었다. 물론 나도 가족의 일원이 되기 위해 노력해보았 다. 아저씨와 같은 방에서 잠을 청해보기도 했고, 용수의 비윗 살을 맞추어보기도 했다. 하지만 뭔가 아귀가 맞지 않았다. 그 사실을 깨달았을 때는 이미 늦어버렸다. 도대체 왜 그들과 가족 을 이루어야 한단 말인가? 가끔씩은 아저씨에 대해 생각해봤 고, 용수에 대해서도 생각해봤다. 특히 용수 생각 땐, 즐거웠던 기억조차 내 마음을 아프게 했다. 하지만 다행히도 기억은 너무 나 단편적이었고, 기억하고 있는 것조차도 몹시 적었다. 그럼 에도 불구하고 엄마와 아저씨는 가족에 대한 집착이 강했다. 나 는 그 사실에 대해 어떻게 처신해야 할지 잘 몰랐다. 더구나 용 수가 무슨 생각을 하는지 아무도 몰랐다. 사실 용수도 자신이 어떻게 행동해야 하는지 잘 모르는 눈치였다. 그럴 때마다 내 가슴은 몹시 두근댔고, 숨이 막혀왔다.

아저씨가 엄마 등짝을 토닥거렸다. 그의 얼굴엔 핏물 오선이 선명하게 그려져 있었다. 난 코까지 골며 계속 자는 척했다. 엄 마는 여전히 입을 꾹 다문 채로 앉아 있었다. 아저씨가 팔을 뻗 어 엄마의 손을 꼭 잡았다.

"당신은 내 깜찍이야."

나는 혼란스러웠다. 분명히 아저씨가 화를 내거나, 엄마를 비난할 거라고 생각했다. 하지만 그는 그저 자신의 입장을 이해해 달라는 말만 되풀이했다. 솔직히 말하자면 난, 그때 울고 싶었다. 아저씨가 말을 덧붙였다.

"용수만 생각하면 미안하고 괴로워. 그래서 술을 찾게 돼. 조금만 지나면 다 좋아질 거야. 이봐, 깜찍이! 내 말 믿지? 우리가 죽을 때까지 이해하기 힘든 일들이 많을 거야. 하지만 죽을 때까지 서로 의지하며 사랑해야지. 안 그래?"

엄마는 울먹이며 아저씨의 품에 안겼다. 아저씨는 핏물 오선이 그려진 얼굴로 익살스럽게 웃었다. 아무튼 나를 당황스럽게 만들었다.

5

나는 잠금 해제 패턴을 그리고 숫자를 입력했다.

할인 마트에 갔다가 뜻밖의 사건이 가져다준 혼란으로 신경이 몹시 곤두서 있었다. 엄마가 전화를 받았다. 난 어쩔 수 없이 용수가 자살을 기도했다는 말을 전했다. 또 아저씨가 그 사건으로 인해 동요하는 기색을 보였다고 보고했다. 더구나 용수가 엄마의 안부도 물었다고 덧붙였다. 엄마가 화들짝 놀라며 집으로 오겠다는 말을 남기고 전화를 끊었다. 무슨 영문인지 알 수가 없었다.

난 용수의 방을 노려보며 마당으로 걸음 했다. 마당과 잇대어 있는 여자만으로 바닷바람이 불어왔다. 그 여파로 안개가 해풍을 따라 바락바락 춤을 추어댔다. 안개에 젖어 있던 여자만은 대낮인데도 괴괴했다. 안개에 젖었다 마르기를 수차례 되풀이한 듯 꼬들꼬들해 뵈는 꼬막 껍데기만 나뒹굴 뿐, 으레 있을 법한 달랑게 한 마리도 보이지 않았다.

나는 물안개에 젖어 있는 마당 모퉁이에 서서 돌아가는 상황을 곰곰이 생각해보았다. 아무리 추리를 해보아도 뭔가 잘못 돌아가고 있는 듯싶었다. 그때, 마당 끝자락에서 누군가가 물안개 사이를 걸어오고 있었다. 아저씨와 갯벌 잡부 남 씨였다. 남 씨는 툭하면 욕지거리였고, 수시로 용수와 멱살잡이를 벌이던 위인이었다. 그는 몸집에 어울리지 않게 무척 성격이 급한 편이었다. 말보다 주먹이 앞서는 다혈질이기도 했다. 그가 게걸음으로 주위를 두리번거렸다. 예정된 각본처럼 창고 문이 열렸다. 아저씨가 조심스레 눈동자를 두리번거렸다. 나는 호기심이 발동했다. 그들의 눈길을 피해 몸을 숨겼다. 갯벌 잡부 남 씨가 반쯤 감긴 눈으로 심각한 표정을 지었다. 아저씨가 남 씨를 창고 쪽으로 불러들였다.

"어이! 여기. 이쪽으로."

창고는 진한 물안개에 젖어 있었다. 아저씨가 맥주병을 내밀었다. 남 씨는 엷은 미소를 지어 보이곤 맥주병을 받아 들었다. 그들은 주변을 곁눈질하면서 술을 홀짝였다. 아저씨는 남 씨 귀에 얼굴을 가까이 대고 무언가 소곤거리다가, 주위를 한번 둘러보곤 하던 말을 이어나갔다. 남 씨의 표정이 아주 잠깐 굳었다가 곧 환하게 펴졌다. 난 숨을 죽이고 귀를 쫑그렸다.

"증거를 남기면 아홉 시 뉴스에 나올 거야. 교도소로 직행이란 말이지."

"약속은 지켜야 합니다."

"걱정 마. 일만 잘 처리해. 이건 착수금이야."

아저씨가 돈다발을 건넸다. 그가 덥석 받아 들었다. 지폐에는 갯내가 눅진하게 배어 있었다.

"그만 가봐! 아무튼 증거를 남기만 안 돼!"

"그것참."

남 씨는 주위를 두리번거리곤 여자만을 벗어났다. 아저씨는 침울한 눈빛으로 경매에 붙여진 배를 응시했다. 얼굴빛이 예사롭지 않았다.

나는 마당을 가로질러 집으로 들어섰다. 용수의 방에서 무슨 소리가 새어 나왔다. 가느다란 신음 소리였다. 이빨을 아드득 가는 소리 같기도 하고, 병든 갈매기가 마지막 숨 넘기는 소리 같기도 했다. 마트 약국을 나오던 그의 모습이 떠올랐다. 용수의 얼굴은 창백하게 보였다. 차를 마시면서도 얼굴을 일그러뜨리기도 하고 가끔 신음 소리를 내기도 했다. 난 방문을 살짝 열어보았다. 용수가 웅크린 모습으로 앉아 있었다. 실바람만 조금 불어도 금방이라도 부서져 버릴 듯이 목을 매만지고 있었다.

나는 살며시 걸음을 옮겼다. 철커덕, 소리가 났다. 곧이어 대문이 열렸다. 엄마가 마당으로 들어섰다. 옷차림이 무슨 밤무대 가수 같았다. 물고기 비늘처럼 번쩍번쩍 빛나는 옷을 몸에 걸치고, 손목과 귀에다 여봐란듯이 액세서리를 주렁주렁 매달고 있었다. 세상에! 별거하고 있던 사람이 난데없이 용수를 보겠다고 찾아오다니, 머리가 어떻게 된 것 같았다. 엄마는 환한 얼굴로 집 안을 둘러보았다. 마치 별거 생활을 끝내고 돌아온 기세였다.

아저씨가 헛기침을 하며 마당으로 들어섰다. 알다가도 모를 일이었다. 용수가 몸을 던져 목숨을 끊으려 했던 여자만도 시치미를 뚝 떼고 파도 덩이만 밀어붙였다. 엄마가 은근한 미소를 보냈다. 아저씨가 그렁한 눈빛으로 엄마의 어깨를 감싸 안곤,

도저히 해선 안 될 말을 내뱉었다.

"우리 그만 합치지. 용수도 돌아왔는데. 남 보기도 그렇고."

나는 현기증이 일었다. 옛날로 다시 되돌아갈 수는 없었다. 내 앞에서야 늘 마음 좋은 아저씨처럼 넉넉한 웃음을 지어 보였지만, 그의 교활함을 잘 알고 있었다. 늘 무엇인가를 탐색하는 눈은 웃고 있지 않았다.

엄마는 한없이 부드러운 목소리로 당신이 알아서 하라며 용수를 찾았다. 그가 방문을 열고 슬그머니 고개를 내밀었다. 입가에 마른버짐이 피어 있었고, 눈동자도 허기진 사람처럼 퀭했다. 엄마는 용수의 손을 덥석 쥐고 반가운 표정을 가감 없이 보여주었다. 엄마와 그들 부자가 눈물을 글썽거렸다. 나는 왠지 모를 불안감이 느껴졌다.

"용수야, 네가 돌아오니까 집안이 환해진 것 같아. 잘 돌아왔어."

"어머니, 그동안 잘 지내셨어요?"

그가 어색하게 인사를 건넸다. 분명 무슨 음모가 도사리고 있는 것 같았다. 엄마도 그에 질세라 실쭉 입꼬리를 들어 올렸다. 억지로 웃는 경우엔 오른쪽 입꼬리가 먼저 올라가는 경향이 있는데, 동시에 입꼬리가 올라갔다. 나도 모르게 가슴이 철렁 내려앉았다.

"집으로 다시 돌아와서 기쁘고 좋아. 내 마음 알지, 응?"

'알긴 뭘 알아! 용수가 자살 실패 뒤, 정신이 조금 이상해져서 안부를 물었을 뿐인데.'

엄마도 정신이 어떻게 된 것 같았다. 용수가 갑자기 얼굴색을 바꾸고는 크게 외쳤다.

"앞으로 잘하겠습니다. 어머님, 아버님! 너에게도 잘할게."

난 그의 말을 믿을 수 없었다. 하지만 여느 때와 다르게 분위기가 숙연했다. 늘 거칠고 반항적인 녀석이 나긋나긋하다 못해 고분고분하게 굴었다. 엄마는 그에 화답이라도 하듯 눈물 연기를 펼쳐 보였다. 그들 부자가 눈물을 글썽였다. 너무 당황스러웠다. 아저씨는 한술 더 떠 외식을 제안했다. 난 한동안 말을 잃은 채 그들을 째려보았다.

식당으로 가는 길은 지루했다. 여자만을 왼편에 낀 바닷길은 제법 운치 있는 풍경이었지만, 기분이 별로였다. 게다가 화기애애한 분위기가 적잖은 부담을 주었다. 아저씨가 걸음을 멈추었다. 눈을 가늘게 뜨고 갯벌에 누워 있는 꼬막 배와 집을 힐끔거렸다. 앙다문 입술까지 파르르 떨렸다. 아저씨가 용수의 손을 꼭, 잡았다.

"난 여자만에서 평생 잡부로 살아왔다. 내 소원은 꼬막 배를 부려보는 것이었지. 용수야, 살다 보면 좋은 일이 있을 거야. 네가 아버지 소원 한번 풀어주라. 넌 할 수 있어."

아저씨의 낯빛은 꼭 체증이 가신 것처럼 시원스럽다는 표정이었다. 나는 답답한 가슴을 웅크리고 곰곰이 생각해보았다. 정말 이들과 가족을 이루고 행복하게 살 수 있을까? 아무리 생각해보아도 불가능해 보였다.

'조금만 더 기다려라. 상상도 하지 못할 방법으로 너희에게서 벗어날 거니까. 죽도록 공부만 할 거다. 이왕이면 집에서 멀리 떨어진 대학으로 갈 거야.'

식당으로 들어섰다. 말 그대로 상다리가 부러질 지경이었다. 아저씨가 입술에 혓바닥을 내밀어 침을 발랐다. 풍성한 밥상 위로 반주까지 준비되어 있었다. 모두가 제정신이 아닌 것 같았다. 나는 질문을 던졌다.

"엄마, 아저씨가 왜 저래? 어디 아픈가 봐?"

"너도 잘해. 형 말 잘 듣고. 알았어?"

엄마가 눈꼬리를 치켜세웠다. 형이라니. 나도 모르게 입이 떡 벌어졌다. 엄마는 비음 섞인 목소리로 아저씨에게 술을 권했다. 그는 쭉 찢어진 입을 크게 벌리고 소주잔을 거푸 가져갔다. 좋아 죽겠다는 표정이었다. 난 이런 날이 올 줄은 꿈에도 상상하지 못했다. 엄마가 싫어졌다. 내가 무엇을 바라고 있는가에 대해 생각해본 적이 없는 것 같았다. 아무리 생각해봐도 풀리지 않는 난제였다. 수업 시간에 담임 선생님이 말했다.

"운명은 결정되어 있는 것이 아니다. 마음속 깊은 곳에서 남몰래 바라고 있는 방향을 따라 움직이는 것이다."

한동안 그 말을 믿었다. 그러나 믿지 않기로 했다.

엄마가 삼겹살을 돌판 위로 올려놓았다. 살점이 요란한 소리를 내며 익어갔다. 아저씨는 노릇하게 익은 삼겹살 두 점을 용수의 접시에 내려놓았다. 그가 잔뜩 얼굴을 찌푸리고 삼겹살 한 점을 입안에 넣고 우물거렸다. 식욕이 없어 보였다.

아저씨는 뭐가 그리 맛있는지 땀까지 삐질삐질 흘려가며 허겁지겁 제 입으로 가져갔다. 엄마는 한술 더 떴다. 상추에 삼겹살과 된장을 싸서 아저씨의 입속으로 넣어주었다. 미치고 환장할 장면이었다. 엄마는 소주병을 들어 자기 잔에 따르고 나머지는 용수의 술잔에 부어주었다.

그는 술잔을 입에 대지 않았다. 이상했다. 술꾼이 술을 사양하다니. 그러다 서로 눈길이 마주치면 킬킬거렸다. 아저씨가 나지막하면서도 근엄한 목소리로 말문을 열었다.

"용수야, 대출이 어렵게 됐다. 보증인 두 명 필요한데 누가 보증을 서겠냐. 그래도 방법은 있겠지. 조금만 참아라."

"너무 신경 쓰지 마세요. 잡부 생활 하면서 갯벌 일을 배우겠습니다."

아저씨는 거듭 방법은 있다는 말을 강조했다. 엄마도 눈을 휘둥그레 뜨며 다짐을 주었다.

"그래, 독하게 마음먹어. 방법이 있을 거야."

"실망시키지 않을게요."

나도 모르게 피식 웃음이 나왔다. 용수의 동공에 물기가 보였다. 진작 그럴 것이지. 아무튼 조금은 변한 것도 같았다. 그가 아주 착한 표정을 지어 보이며 내 손을 꼭 잡았다.

"공부 열심히 해. 형이 도울게."

나는 한마디의 대꾸도 하지 못한 채 밥알을 꾹, 삼켰다. 순한 양 같은 눈매라니. 분기탱천하여 쌍소리와 함께 주먹을 불끈 쥐었던 그였다. 엄마가 안쓰러운 듯 용수를 쳐다보았다. 눈길이 그렇했다.

"수술받고 일주일 정도 지나면 통증은 없어진대. 그러게 무얼 하려 그런 험한 일을 해. 집 나가면 개고생이야. 더구나 요즈음엔 갑상선암은 병도 아니야. 세상에 그런 줄도 모르고."

난 눈을 질끈 감았다. 그랬구나. 어딘가 아프긴 아팠구나. 왠지 용수가 측은하게 느껴졌다. 그렇다고 해서 의심을 떨쳐버릴 수는 없었다. 나는 고기 한 점을 오물거리며 그들을 바라보았다. 서로 눈을 맞추며 다정하게 웃고 있었다. 누군가에게 이상적인 가족이 어떤 것인지 묻고 싶었다. 아저씨가 마지막 잔을 비우고 일어섰다. 난 집으로 걸음 하는 동안 한마디도 하지 않았다.

여자만으로 접어들었다. 119 구급차와 소방차들이 즐비하게 늘어서 있었다. 사고가 터진 모양이었다. 나는 웅성거리는 사람들 틈을 비집고 들어갔다. 순간, 내 두 눈이 확 커졌다. 우리 집이 불타고 있었다. 아저씨는 입술을 사리물고 활활 타오르는 집을 뚫어지게 응시했다. 그때, 아저씨와 창고에서 속닥거리던 갯벌 잡부 남 씨가 의미심장한 미소를 지어 보였다. 엄마는 이내 감당할 수 없는 비애를 느낀 듯, 울음을 내놓았다. 나는 돌아가는 상황을 곰곰이 생각해보았다. 눈앞에 벌어진 상황을 판단하기까지 오랜 시간이 걸리지 않았다. 난 엄마의 입꼬리를 응시했다. 억지로 웃거나 눈물 연기를 펼칠 경우에는 오른쪽 입꼬리만 올라가는 경향이 있었다. 역시나 오른쪽 입꼬리만 올라가 있었다.

소방대원들이 철수 준비를 하고 위험 표시등을 치웠다. 아저씨는 갯벌에 누워 있는 꼬막 배와 여자만을 바라보며 눈물을 철철 흘리고 있었다. 하긴, 눈물조차 말라버린 일구덕에서 구슬피 통곡한 일이 한두 번일까 싶었다. 그 서러움을 혼자만의 웅얼거림으로 갯바람에 실어 보내며 삶을 이어왔다. 여자만 갯벌에 누워 있는 꼬막 배도 갯사람들과 똑같은 운명이었다.

나는 여자만을 휘휘 둘러보았다. 분화구처럼 생긴 구멍으로 쉼 없이 게들이 들락거렸다. 몸놀림이 제법 날렵해 보였다. 질 편한 갯벌 속엔 플랑크톤, 갯지렁이, 바지락, 백합, 낙지, 맛, 꼬막 따위가 먹이사슬을 이루고 있었다. 해넘이에 낙조가 지고 수평선에 햇무리가 뜰 때 해감내 진한 갯벌은 갯사람들을 목선처럼 세워두기에 충분했다. 바닷물이 들이차면 바다가 되고, 바닷물이 빠지면 뭍이 되는 갯벌. 갯사람들은 바다와 뭍의 감탕질에 더욱 열을 올릴 터였다. 두 개의 공간인 여자만에서.

짝

1

대두는 바다뱀을 내려다본다. 수컷이 암컷의 몸통을 칭칭 감아올리고 있다. 겨울철엔 바다뱀이 먼바다로 나가는 시기라 공치기 일쑤다. 정말이지 운이 좋은 날이다. 정희가 아랫입술을 꼭 깨물곤 다부진 표정으로 수족관을 응시한다.

"시숙님에게 얼마나 받을 거야?"

"그러게. 마리당 삼십만 원은 받아야겠지."

"무조건 비싸게 불러."

"형에게 먹히겠어? 바가지 씌우기도 그렇고."

그는 바다뱀이 담긴 휴대용 수족관을 열어보며 통명스럽게 내뱉는다. 좋은 바다뱀이 잡히면 바로 연락하라던 형수의 얼굴도 떠오른다. 이왕 내친김에 건강원으로 와서 물건을 확인해보라고 전화를 걸려던 참이었다.

사촌 형은 제법 큼직한 건어물 도매업을 하고 있다. 돈 버는 재주가 비상하여 조그마한 건어물 가게로 시작한 사업이 지금은 도매상 중에서도 손가락 안에 꼽히는 사업가가 되었다. 게다가 냉동 공장도 사들였다. 풍어 때 싼 가격으로 생선을 사들여 냉동 창고에 보관했다가 생선 수요가 많은 명절 때 비싼 가격으로 시장에 내다 판다. 냉동 공장을 산 지 삼 년도 안 되었는데, 수십 억을 벌었다는 소문이 나돈다. 울툭불툭 융기하는 거친 바다에서 고기를 잡은 어부들은 지문이 닳도록 고생만 하고, 실속을 챙기는 사람은 사촌 형이다. 쭉 찢어진 눈매에 작달막한 키지만 혈색만은 몇 해 전의 얼굴보다도 좋아 보인다. 거꾸로 나이를 먹는 것 같다. 그렇게 혈색이 좋은 사람이 보양식을 닥치는 대로 먹어댄다. 대두가 달여다 준 바다뱀만 해도 수백 마리다. 몸에만 좋다면 시궁창 쥐라도 날로 먹을 위인이다. 그것도 다 돈 많은 사람들의 지랄 용두질이거니 여기고 보양식을 찾을 때마다 조금만 이문을 남기고 온갖 건강식을 바쳐왔다.

얼마 전에도 그랬다. 브라질산 아나콘다를 어렵사리 구했다. 반쯤은 맛이 간 아나콘다였다. 살아 있다고는 하지만 희멀건 눈동자는 생기를 찾아볼 수 없었다. 그것이 마음에 걸려 한약재만큼은 최상급으로 썼다. 하루 종일 달인 탕을 팩에 포장하여 바이크를 내몰았다. 대두는 사촌 형 코앞에까지 얼굴을 바짝 들이밀고 영업용 멘트를 던졌다.

"형! 이것은 그냥 뱀이 아니고, 아마존 밀림을 주름잡던 대왕 아나콘다야. 모르긴 몰라도 최소한 대한민국에서는 형이 아나콘다를 처음으로 시식하는 걸 거야. 여우로 치자면 천 년 묵은 백여우란 말이지. 말이 나왔으니까 하는 말인데, 어디 형수님 뿐이겠어. 길길이 날뛰는 새파란 미스 김, 손가락 끝을 살짝만 갖다 대도 허물어지는 미스 최도 단번에 입에 게거품을 물 거야. 그만큼 자지가 벌떡벌떡 뻗칠 거란 말이지. 그래서 내가, 건강원 이름을 따서 정력제 이름을 지었어. 일명 발딱그라. 먹었다 하면 발딱발딱 서니까 발딱그라, 어때?"

대두는 사촌 형 아랫도리를 훑어보며 의미심장한 구라를 쳤다. 사촌 형은 카아칵, 하는 끔찍한 가래 소리를 내뱉으며 핏대를 올렸다.

"발딱그라 좋아하네. 네놈이 허준이냐? 그런 사기를 치고 부끄럽지도 않냐?"

"일단 복용해봐. 허준도 날 못 따라와."

사촌 형이 아랫입술을 깨물었다. 구라를 치는 대두가 나쁜 놈인지, 남성 기능을 상실해가는 그가 몹쓸 인간인지 혼돈스러워하는 눈치였다. 더구나 사촌 형은 형수에게 무시당하며 살았다.

누구에게 하소연할 수도 없었다.

그랬다. 시월의 마지막 밤이었다. 머리끝까지 취해 건강원으로 찾아온 그가 대두에게 도움을 청했다. 아니, 고백하겠노라고, 도와달라고 흐느꼈다. 지금껏 누구에게도 아쉬운 소리를 하지 않았던 사촌 형이었다. 그도 그럴 것이, 형수는 남자의 자존심에 스스럼없이 상처를 남기곤 했다.

"돈만 많이 벌면 뭐해. 덩칫값도 못하는 인간아."

"뭐? 빌어먹을 여편네. 내 다신 너하고 사랑을 나누나 봐라."

"사랑? 언제 지대로 나누어보기나 했어?"

사촌 형은 도무지 참아지지가 않았다. 어금니를 아드득 갈아붙였다. 남자의 체면이 말이 아니었다. 게다가 형수는 처참한 언어로 가슴팍에 비수를 쑤셔 박았다.

"나는 야구가 좋아졌어. 대타! 대타가 있는 게임이라. 게다가 부실하면 퇴출도 있잖아. 그런 제도는 도입이 시급해. 국회의원 아저씨들은 뭐 하나 몰라!"

순간, 사촌 형의 가슴에 콰르릉 천둥 번개가 내리쳤다. 두 눈에 쌍불을 켠 것은 말할 것도 없었다. 주먹을 그러쥐고 방바닥에 철퍼덕 주저앉았다. 분에 못 이겨 울음을 터뜨렸다. 울다가 어금니를 빠드득 갈며 노래를 불렀다.

"사나이로 태어나서 할 일도 많다만, 너와 나 나라 지키는 영

광에 살았다. 전투와 전투 속에 헤어진 전우야!"

"하여간 꼴값을 떨어요. 사나이로 태어났으면 나라만 지키지 말고 가정도 지켜봐. 전투? 전투가 낮에만 있어? 야간전투는 없어?"

사촌 형은 그렇게 남자의 자존심을 짓밟혔다. 시월의 마지막 밤, 그의 부릅뜬 눈과 앙다문 입술이 비장했다. 잔뜩 독이 오른 성난 살모사 같았다. 아! 청춘을 돌려다오라고, 목청을 쩌렁쩌렁 울리지 않은 것이 다행이었다. 어쨌거나 그것이 시들한 이후로 한 번도 형수에게 큰소리쳐 본 적이 없다고 울먹였다. 그랬다. 그 누구도 세월을 당해낼 재간은 없었다. 형수는 도끼눈으로 사촌 형을 죽일 듯이 노려보다가 이불을 뒤집어써 버렸다. 그런 밤이면 사촌 형은 자존심이 상하다 못해 죽고 싶었다. 거실 소파에 웅크리고 앉아 반성하곤 했다. 그렇다고 형수가 그를 미워하느냐? 그건 또 아니었다. 오히려 끔찍이 위했다. 금실 좋은 부부보다 더했음 더했지 모자라지 않았다. 어제 아침에도 전화를 걸어 왔다. 형님의 자존심을 보듬어줘야 되지 않겠느냐는 위로의 전화였다. 살가운 정이 가득 묻어 있었다. 아니, 애틋했다. 어쨌거나 아나콘다 뱀탕이 효과가 있었는지 형수가 탕을 더 찾았다. 질 좋은 바다뱀이 잡히면 곧바로 연락하라는 당부의 말도 잊지 않았다.

2

어장을 나가기 전, 대두는 오전 내내 건강원에서 빈둥거렸다. 정희는 어김없이 건강원 진열장을 정리하고 있었다. 언제나 제 몫의 일에 열심이었다. 그녀 덕분에 매출액은 대두의 예상을 훌쩍 뛰어넘었다. 그것만이 아니었다. 손님들의 요구 조건에도 민감하게 반응했다. 손님을 끌어들이는 설득력 또한 뛰어났다. 그랬다. 그녀를 만나기 전에는 미래에 대한 꿈을 접고 살았다. 그저 오갈 곳 없이 사촌 형 냉동 공장에 머물렀다.

'무슨 수로 궁핍에서 벗어나지?'

대두는 아스라이 허공만 바라보곤 한숨만 내쉬었다. 그때마다 그도 모르게 나른한 쓴웃음이 지어졌다. 그런 그의 심사에 놀라기도 했다. 행복이 그의 몫이 되지 않을 것 같은 불안한 암시가 계속 뒤쫓아 다녔다. 그래도 대두는 도리질을 해가며 가난에서 벗어나려고 애썼다. 그 와중에 난생처음 어설프게나마 미래를 그려볼 계기가 마련되었다. 정희 덕분이었다. 정말이지 무슨 요술에 걸린 것처럼 순식간에 꿈을 가지게 되었다. 꺼지지 않을 따뜻한 등불이었다. 정희는 언제나 그에게 입꼬리를 올려주었다. 그 웃음은 희망이었다. 그로서는 예상하지 못했던 일이었다.

정희는 그날도 건강 보조 식품을 진열하고 있었다. 그녀의 부지런함 때문인지 건강원은 다른 가게들보다 깔끔한 인상을 주었다. 건강 보조 식품 정리를 마친 그녀가 대두의 엉덩이를 툭 쳤다. 어장을 나가자는 신호였다. 그는 썩 내키지 않았지만 항구로 걸음 했다.

"대두 오빠, 놀면 뭐해. 한 마리라도 더 잡아야지. 안 그래?"

"물때가 아닌데."

"놀더라도 섬에서 놀자."

무슨 말이든 구구절절 맞는 말만 하는 그녀였다. 대두는 피식 웃으며 정희의 볼을 살짝 꼬집어주었다. 아무튼 그녀의 등쌀에 못 이겨 인근 섬으로 모터보트를 몰았다. 반쯤 닫아둔 조타실 창 틈으로 세찬 바람이 밀려들었다. 공치기에 딱 좋은 날씨였다. 그는 쓴 입맛을 다셨다. 바다뱀을 잡기엔 물때가 영 아니었다.

섬에 내렸다. 빗방울이 떨어졌다. 비를 피할 요량으로 마을회관으로 걸음 했다. 섬 남자가 그들을 보곤 아랫입술을 음흉하게 들어 올렸다. 손에 자루가 들려 있었다. 자루 사이로 무언가가 대가리를 주억거렸다. 엄청나게 튼실한, 검은 색깔의 바다뱀이었다. 정희의 두 눈이 반짝 빛났다. 정말 귀한 흑칠 바다뱀이었다.

정희는 바다뱀 두 마리를 한꺼번에 거머쥐고 상태를 살폈다. 감고 남은 꼬리가 팔뚝을 어루만지듯 휘감았다. 보통 바다뱀하고는 꼬리의 힘부터가 달랐다. 한눈에 보기에도 최상급이었다. 또 날름거리는 혓바닥에서 시퍼런 독이 펑펑 쏟아지고 있었다. 정희는 손아귀에 힘을 주곤 휴대용 수족관으로 흑칠 바다뱀을 집어넣었다. 교미를 하다가 잡힌 녀석들이었다. 수족관으로 집어넣어도 서로 떨어질 줄을 모르고 몸뚱이를 감고 버르적거렸다. 암컷 생식기에서 부글부글 거품이 일었다.

대두는 입술에 혀를 내둘러 진득한 침을 발랐다. 그녀도 수족관을 들여다보며 침을 꼴딱거렸다. 흑칠 바다뱀 두 마리는 그 상황에서도 계속 교미를 하고 있었다. 잡아도 하필 암수가 서로 엉겨 붙어 있을 때 잡을 것이 무어란 말인가. 조금은 미안한 마음이 들었다.

정희는 그 자리에서 마리당 십만 원에 흥정을 마쳤다. 그만하면 거저주운 거나 다름없었다. 웬만해서는 그렇게 크고 윤기 번들거리는 흑칠 바다뱀은 구경하기도 어려웠다. 그녀는 아무렇지 않은 얼굴로 흑칠 바다뱀 가격을 후려쳤다. 먹고사는 일엔 한 치의 양보도 없는 여자였다. 하지만 사촌 형수는 사사건건 걸고넘어졌다. 욕심 많고, 고집 세고, 말끝마다 욕을 달고 사는, 그래서 오기로 똘똘 뭉친 정희를 싫어했다. 먹고살자니 독해질

수밖에 없었다. 형수는 친척이 뭔지도 모르는 미련퉁이 여자로
여겼다.

3

대두는 그녀를 바라본다. 예전처럼 함부로 대할 수도 없다.
정희가 환한 눈웃음을 짓는다. 모든 것을 알고 있다는 눈빛이
다. 그도 모르게 민망해진다. 정희는 빙그레 볼우물을 만들며
다짐을 받는다.

"눈 딱, 감고 마리당 오십만 원 불러. 알았지?"

그녀는 대두의 심사가 틀어지거나 말거나 흑칠 바다뱀 계산
에 바쁘다.

"그래도 사촌인데 어떻게 오십만 원씩이나 받아."

"지난번 아나콘다도 삼십만 원이나 주고 구입했는데 오만 원
밖에 못 남겼잖아."

"오만 원 남겨먹은 것도 미안하더라."

"시숙님은 몸에만 좋다면 똥구멍에 송곳 침이라도 맞을 위인
이야. 이 바다뱀이 보통 뱀이야? 말이 사촌이지 우리를 얼마나
무시하는데."

정희가 도끼눈을 치뜨고 오금을 박는다. 그는 휴대용 수족관에 담긴 흑칠 바다뱀을 힐끔 내려다보곤 고개를 주억거린다.

"그래, 엎어놓으면 똥구멍밖에는 없고, 뒤집어놓으면 불알 두 쪽밖에는 없는 주제에 너 만나서 이만큼 살림이 불었지. 너 말대로 할게."

사실 정희를 만나기 전까지 사촌 형 냉동 공장에서 생선 내장을 따거나 고깃배를 탔다. 알거지나 다름없었다. 늘 푸석푸석한 얼굴로 밤샘 근무를 하곤 했다. 시린 가슴을 덥혀줄 온기가 그리웠다. 무엇보다도 남들처럼 온전한 가정을 이루어보고 싶었다. 그랬다. 대두는 삶의 허기에 지쳐 있었다. 그의 마음이 하늘에 통했는지, 시장에서 짝퉁을 파는 박 사장이 여자를 소개해주었다.

그녀가 정희다. 그녀와 동업을 하면서부터 제법 돈도 벌었다. 사촌 형 말마따나 그녀는 복덩어리다. 무엇보다 계산이 빠르고 억척스럽다. 게다가 흥정에 들어가면 시치미를 뚝 떼고 능청을 떤다. 그도 번번이 놀랄 지경이다. 더구나 바다 일이 지겹지도 않은지 섬으로 바다뱀을 잡으러 가면 기를 쓰고 따라다닌다. 발딱그라건강원 현관문에 연락처를 적어놓는 일도 잊지 않는다. 바다뱀을 사들일 때에도 흥정을 도맡는다. 그런 정희가, 흑칠 바다뱀을 마리당 오십만 원으로 매겨놓았다. 그로서는 따를밖에 도리가 없다.

그녀가 모터보트를 바라본다.

"큰 배로 바꿀까? 섬에서 개나 흑염소도 사 오게."

"우리 부자 되겠다. 그치?"

"아무렴."

물안개 수런거리는 방파제에 모터보트가 매달려 있다. 이따금 퍽 하는 소리와 함께 선체가 요동친다. 파도가 얕은 배 밑을 두들겨대고 있다.

"저…… 말이야?"

대두는 그녀를 향해 눈을 끄먹거리며 말꼬리를 사린다.

"뭐? 할 말 있어?"

정희가 말꼬리를 붙들고 늘어진다.

"사실은 너에게 주려고 선물을 준비했어."

"뭐? 선물? 살다 보니까 좋은 일도 생기네. 무슨 선물?"

"오빠만 믿어."

대두는 입술을 다물어버린다. 머릿속으로 하얀 눈길이 펼쳐지고 사촌 형수의 모습이 그려진다. 외출을 했다가 돌아오는지 코트를 걸치고 대로변으로 들어서고 있었다. 얼핏 보기에도 차림새가 돈 많은 귀부인으로 보였다. 그는 대문 앞에 서서 '불쑥 시계탕'을 건넸다. 형수가 손을 내밀어 팩 한 봉지를 집어 들었다. 대두는 무심코 형수의 손을 보았다. 그도 모르게 가죽 장갑으로 시선이 갔다.

"형수님! 그 가죽 장갑은 얼마나 하는 겁니까?"

"이 장갑? 얼마나 하면? 동업자인가 애인인가 하는 정희에게 선물하게? 돈이 있어도 그렇지! 그 여자에게 이 장갑을 끼워줘 봐. 악어가죽이 개가죽 되지."

형수는 가지런한 치아를 드러내며 소리 없이 웃었다.

"악어가죽으로 만든 장갑?"

"이것은 프라다야. 명품! 자그마치 이백만 원이 넘어."

대두는 머릿속으로 무언가가 퍼뜩 떠올랐다. 건강원으로 내달렸다. 형수가 끼고 있던 프라다 장갑이 눈에 어른거렸다. 그는 시장에서 짝퉁 물건을 파는 박 사장에게 전화를 걸었다.

"박 사장님! 접니다, 대두. 야간 전선에는 이상 없죠?"

"누굴 놀려!"

"말이 잘못 나왔네요. 저, 프라다라는 장갑을 팝니까?"

"네놈이 명품 이름을 어떻게 알아?"

"그건 중요한 것이 아니고요. 그것 하나 구해주세요. 그런데 얼마나 하나요?"

"싸게 줄게. 다섯 장만 줘. 물건이 좋아서 전 세계 관광객들이 환장을 해."

박 사장은 상표만 가짜지 명품보다도 훨씬 질이 좋다며 설레 발을 떨었다.

"다섯 장이면, 오만 원?"

"개 풀 뜯는 소리 하고 자빠졌어. 오십만 원!"

"예? 무슨 짝퉁이 그렇게 비싸요."

"뭐, 짝퉁! 염병하는 소리 하려면 전화 끊어!"

박 사장이 버럭 고함을 내질렀다. 가격을 후려치려는 그의 수 작을 얼른 내치려는 추임새였다. 대두는 직업 정신을 발휘했다. 언젠가 박 사장 부인이 남편 험담을 늘어놓던 말을 기억해냈다.

"돈만 많이 벌면 뭣하냐고. 내가 샤워라도 하고 나오면 기다 렸다는 듯이 화장실을 들락거린다니까. 거기에 요실금이 생겼 다나 뭐라나. 어이가 없어서. 자기가 여자야! 요실금이 생기게."

박 사장 아내는 다른 여자들보다 골반이 발달한 여자였다. 걸 음을 옮길 때마다 실팍한 엉덩이를 씰룩거렸다. 그때마다 박 사 장은 한숨을 내쉬곤 했다. 그렇다고 단순한 배설기관으로 전락 한 것은 아니었다. 희미한 불씨를 유지하고 있었다. 적어도 특 별한 날에는 불꽃을 피웠다. 그는 기회를 놓치지 않았다. 사촌 형과 같은 증상을 가지고 있는 위인이었다.

"그냥 방치하면 폐품 됩니다. 불꽃 꺼지기 전에 배터리 충전 하세요."

박 사장이 헛기침을 해댔다. 그는 알고 있었다. 아내가 은근한 시선을 보낼 때마다 박 사장은 잠든 척, 코를 골았다. 열정이 식은 지 오래였다. 결국 그가 하소연을 했다. 대두는 힘주어 외쳤다.

"사랑이 무엇인가요? 아무도 모릅니다. 저만 알지요. 허준? 그 사람도 날 못 따라와요. 결코 사장님은 죽지 않습니다. 왜! 저 대두가 있으니까요."

"그만! 그만! 남자의 로망을 건드리지 마!"

박 사장의 비명 소리가 수화기 틈새로 황망히 울려 퍼졌다. 잘못했다가는 경찰서에서 진술서를 쓸 수도 있겠다 싶었다. 대두는 꺼진 불도 다시 살리는 불쑤시게탕을 강력히 권하고 수화기를 내려놓았다. 물론 가격도 후려쳤다.

형수님이 끼고 있던 악어가죽 프라다에 비하면 어림없겠지만, 그 시린 바닷바람에 두 손을 불어대는 정희가 눈에 밟혔다. 어디 한 곳 복스럽고 귀티 나게 생긴 곳이라고는 없지만, 그래도 사랑스러운 여자였다. 그에 반해 형수는 선이 뚜렷한 고운 입매와 고상하면서도 오밀조밀한 이목구비가 귀부인 같았다. 악어가죽으로 만든 프라다와 잘 어울렸다. 하지만 정희도 그런 장갑을 끼면 예쁘고 아름다울 것만 같았다.

4

대두는 서둘러 시장으로 들어선다. 동일한 평수의 가게들 사이로 발딱그라건강원 간판이 보인다. 가게 앞엔 누군가가 서 있다. 사촌 형과 형수다. 정희가 출입문을 열어젖힌다. 한약 냄새와 비릿한 냄새가 콧속을 파고든다. 사촌 형 꽁무니를 따라왔던 똥개 매리가 송곳니를 드러내며 지랄 발광을 떤다. 대두는 똥개를 쏘아보며 눈알을 부라린다. 똥개 매리가 건강원 뒷마당으로 꽁무니를 내뺀다. 눈치를 보던 형수가 정희를 몰아세운다.

"뱀 잡으러 섬에 들어갔어? 어휴, 못 말려. 징그럽게시리."

가족들 모두가 그녀 덕분에 그나마 좀 살게 됐다는 점에 대해선 이의가 없지만, 형수만 인정하려 들지 않는다.

"아이고, 구렁이 같은 인생. 그 좋은 동생 기를 다 빨아먹고 기름기 번들거리며 사는 모양새라니. 그리고 보면 그것이 큰 것도 문제는 문제야. 하느님도 눈이 멀었지. 작은 형제들에게 조금 띠어주고 그러지. 뭐한다고 몽땅 크게 만들어 붙여."

이렇게 형수는 정희에게 화살을 돌리곤 한다. 그런 형수이기에 사촌 형 혼자만 오라고 타일렀다. 그런데 기어코 옆에 달고 서 왔다. 하지만 그 정도 심술에 기죽을 정희가 아니다.

"형님! 보고 싶었어요. 가면 갈수록 젊어지네요. 갓 스무 살을 넘긴 처녀 같아요. 어머머, 손에 낀 장갑이 참 예쁘고 멋지네요."

그녀가 넉살 좋게 너스레를 떤다. 형수의 얼굴이 조금 누그러진다.

"형님이고 뭐고, 뱀 잡으러 갈 때는 좀 따라다니지 마. 여자가 징그럽게시리."

"어쩌겠어요. 다 먹고살려고 하는 일인데."

대두는 입가에 웃음 주름을 만든다. 영업을 위한 준비운동이다. 그리고 곧, 바다뱀이 들어 있는 휴대용 수족관을 들어 보인다. 옆에 서 있던 사촌 형이 헛기침을 해댄다. 형수도 호기심 어린 눈으로 흑칠 바다뱀이 담긴 수족관을 바라본다. 바다뱀이 한데 엉겨 붙어 꿈틀거린다.

"형, 어때? 이놈들을 달여 마시면, 다른 약발은 안 받아. 그것만 명심해. 저번에 먹었던 아나콘다가 발딱그라라면, 이것은 변강쇠도 울고 가는 '중단 없는 사정탕'이야. 기막힌 물건이지. 물개도 흑칠 바다뱀 앞에서는 힘 못 써!"

대두는 사촌 형의 반응을 살피며 입에 거품을 문다. 정희가 기다렸다는 듯이 말을 받는다.

"어머머! 형님은 좋겠어요."

"그러면 너도 달여 먹여."

"호호, 형님도. 저는 괜찮아요. 시숙님이나 신경 쓰세요. 어머, 탕이 효과가 있는 것은 확실한가 봐요. 형님도 그걸 느끼지요? 얼굴에 혈색이 도네요."

"뭐? 이런 싸가지 하고는."

잔뜩 얼굴을 찡그리고 흑칠 바다뱀을 바라보던 형수가 대번에 눈꼬리를 추켜올린다. 대두는 그런 정희를 나무라지 않는다. 항상 고상한 척하는 형수를 비꼬는 그녀의 심정을 헤아렸기 때문이다.

정희는 그에게 과분한 여자다. 한쪽 다리가 조금 불편하다는 것이 마음에 걸렸지만, 마흔이 넘도록 장가도 못 들고 하루 끼니를 걱정하던 처지였다. 그녀를 만나기 전까지만 해도 고깃배 조타실에서 하루하루를 근근이 버텼다. 낡은 조타실 창문을 비집고 스며드는 바닷물과 빗물, 덜컹거리는 창틀, 그물에서 생선 썩는 냄새가 진동하는 고깃배에서 자책하며 살았다. 더러는 푸석푸석한 얼굴로 밤샘 어장을 하곤 했다. 쓰디쓴 커피 한 잔으로 쏟아지는 잠을 몰아내고 불어터진 라면으로 헛헛한 빈속을 달랬다. 그랬다. 얄팍한 월급에 조금의 수당을 더 보태기 위해 새벽까지 파도와 싸워야 했다. 그렇다고 생활이 나아진 것도 아니었다.

출생 또한 순탄치 않았다. 그의 어머니는 거의 죽음 직전까지 갔다. 출산 예정일을 일주일이나 넘기고도 이틀 동안 진통만 했다. 동네 사람들은 초상 준비까지 했다. 하지만 그의 어머니는 죽기는커녕 떡 벌어지게 아들을 낳았다. 몸집이 왜소한 어머니에 비해 신생아의 머리통은 구라를 좀 보태서 산모의 머리보다 컸다. 그런데 온 동네가 벌컥 뒤집어졌다. 큰 머리도 그렇지만 달고 나온 자지가 더 큰 문제였다. 어지간한 어른 것보다도 크고 우람했다.

"헉, 이 일이 무슨 일이야. 이렇게 큰 머리통도 머리통이지만, 뭔 놈의 갓난아이 고추가, 아니 자지가 이렇게 커. 아무튼 크게 될 놈이야. 시시껄렁하게 살 놈은 절대 아니야."

동네에선 이례적으로 이름을 공모했다. 대물, 물개, 강쇠, 살모사, 독버섯, 몹쓸 고추, 기타 등등, 희한한 이름이 거론되었다. 마을에서 유일하게 대학물을 먹었다는 아저씨가 한 번에 정리했다.

"위아래로 큰 대가리를 달고 태어난 놈 아니냐. 연구할 것도 없어. 대두大頭! 성도 대大가잖아!"

그렇게 그의 이름을 두頭라고 명명했다. 하지만 유복자로 태어난 그는 어려서부터 삶의 무게에 짓눌리며 살았다. 지문이 닳도록 일을 했지만 지독한 문뱃내만 났다. 그랬다. 궁핍은 깊이를 알 수 없는 절망으로 다가왔다. 이른 봄부터 겨울까지 쉴 새 없이 일구덕에서 몸으로 때웠다. 그런 애환을 말없이 보듬고 살아온 덕일까. 동료 뱃사람의 소개로 떠돌이 처녀와 살림을 차렸다. 동갑내기였다. 돈이 없어 그냥저냥 살다가 적당한 시기에 결혼식을 올리기로 언약하고 동거에 들어갔다. 처녀는 신혼살림을 시작한 지 이틀 만에 도망쳐 버렸다.

그러니까 첫날밤에 그것을 시도했다. 이상스러운 전율이 가슴팍으로 용트림하듯 번지어왔다. 살결이 얇은 곳으로 자지를 밀어보았다. 처녀가 눈을 뒤집어 까고 비명을 내질렀다. 그것도 모자라 대두의 가슴팍을 이빨로 물어뜯어 버렸다. 처녀의 얼굴은 하얗게 질려 있었다. 흡사 무서운 들짐승을 만난 사람처럼 부들부들 떨었다. 처녀는 옷을 대강 주워 걸치고 밖으로 뛰어나갔다. 그것이 처음이자 마지막 신혼 생활이었다. 동네 사람들은 와, 정말로 이름값 하는구나, 하고 혀를 내둘렀다.

"아! 하느님도 무심하시지. 내가 무슨 죄를 지었다고 이렇게 흉하게 만들었을까!"

그때마다 대두의 가슴속으로 거친 파도가 달려들었다. 그 여파로 미세한 물방울이 날아와 장막 속에 갇혀 있는 가슴팍을 후벼 팠다. 그는 양다리 사이에 박힌 그것을 원망했다.

그에겐 소망이 있었다. 든든한 울타리 안에 자리 잡은 온전한 가족이었다. 그것은 삶의 허기에 지친 마음을 기댈 탄탄한 바람벽이기도 했다. 하지만 그런 꿈은 이루어질 것 같지 않았다. 서서히 지리멸렬한 삶에 지쳐갔다. 아무리 일을 해도 통장은 마이너스였다. 때로는 섣부른 연애에 울기도 했다. 병든 갈매기처럼 풀썩 날개가 꺾이기 직전이었다.

마흔 살을 훌쩍 넘어선 시월의 마지막 밤이었다. 시장에서 짝퉁을 파는 박 사장이 여자를 소개해주었다. 남도 끝자락 사도라는 섬에서 날품을 팔며 사는 갯가의 여자였다. 남들 이목도 있고 해서 은밀하게 맞선을 보았다. 느낌이 좋았다. 그는 여자의 손을 잡은 채 콧구멍으로 뜨거운 김을 내뿜었다. 여자는 두 눈을 꼭 감고 있었다. 가족이라는 울타리를 만들고 싶었다. 더 이상 스스로를 힐책하면서 살기는 싫었다. 기도하는 마음으로 여자를 안았다. 대두의 진심 어린 소망을 아는 듯, 들뜬 목소리로 앓는 소리를 내었다. 등줄기와 가슴팍에서 따스한 기운이 흘렀다. 여자는 온몸을 부들부들 떨면서 처연한 소리를 내질렀다. 더러는 벌떡 몸을 일으키며 고개를 내젓기도 했다. 그렇게 동거를 시작했다. 그 여자가 정희다.

5

대두는 흑칠 바다뱀 한 마리를 잡아 팔뚝에 감아올린다.

"어머, 징그러운 것!"

형수가 새파랗게 소스라친다. 사촌 형은 스멀스멀 수축되는 바다뱀의 피부를 보곤 입맛을 다신다. 정희가 히죽, 웃으며 바다뱀 한 마리를 마저 들어 올린다. 가슴에 한 아름이나 되는 바다뱀 뭉텅이를 끌어안고 형수의 얼굴 앞으로 바짝 들이댄다.

"형님! 이것이 무엇인지 아세요? 흑칠 바다뱀이어요."

바다뱀 중에서도 특등품인지 알고 있느냐는 표정이다. 그녀가 바다뱀 대가리를 꽉 틀어쥐어 잡는다. 눈알이 툭, 튀어나온다. 형수가 몸서리를 친다. 정희는 스멀스멀 수축하는 바다뱀을 형수의 목에 감는다. 바다뱀은 기다렸다는 듯이 갈라진 혀로 형수의 얼굴을 쓱 핥는다. 형수는 발을 동동 구르다 못해 곧 숨넘어가는 시늉을 한다.

"꺅! 징그러워. 빨리 치워."

형수의 동공이 크게 벌어진다. 기절하기 일보 직전이다. 형수는 기겁을 하며 뒤로 물러선다. 그 광경에 침을 꼴딱꼴딱 삼키던 사촌 형이 입술에 혓바닥을 내두른다. 그녀가 형수의 목에 감겨 있던 바다뱀을 잡아 든다. 순간, 발이 꼬여 휘청거린다.

"어머머, 이를 어째."

형수가 치맛자락을 틀어쥐며 비명을 내지른다. 정희는 앞으로 금방 나동그라질 듯 서너 번 휘청거리다가 용케 중심을 잡는다. 아찔한 상황을 본 형수는 가슴을 쓸어내린다. 마치 뱀에게 물리기라도 한 듯 하얗게 질려 있다. 하지만 휘청거리는 순간 손을 헛났는지 바다뱀이 몸뚱이를 뻗질러 뒤틀어 오른다. 정희는 한쪽 무릎을 바닥에 꿇고 허리를 꼬며 입을 앙다물고 버틴다. 사촌 형도 형수도 어금니를 바득 악물고 그녀를 따라 힘을 쓴다. 바다뱀에게 꺾이는 날에는 그대로 휘감겨버릴 것만 같다. 대두는 재빨리 달려들어 바다뱀의 대가리를 꺾어 잡는다. 정희는 그 경황 중에도 고개를 돌려 히죽 웃는다. 그러곤 곧바로 흥정을 시작한다.

"보았어요? 흑칠 바다뱀이 힘쓰는 것을. 보통내기가 아니지요? 더도 말고 덜도 말고 마리당 오십만 원만 주세요. 친척이니까 아주 싸게 주는 거예요. 다른 사람 같으면 마리당 육십만 원은 받아야 하는데, 어쩌겠어요. 친척인데."

순간, 형수의 앙칼진 말마디가 정희의 말끝을 잘라버린다.

"친척? 친척 하지 마! 지난번 브라질산 아나콘다도 삼십오만 원이었는데. 엎어지면 코 찍을 요 앞 섬에서 잡아 온 뱀을 마리당 오십만 원? 친척? 친척을 상대로 사기를 쳐!"

"어머머, 형님! 무슨 말을 그렇게 싸가지, 아니 싸게 하세요. 사기라니요. 절대 아니에요."

분위기가 이상하게 돌아간다. 대두는 호탕하게 웃으며 정희의 손을 꼭 잡는다. 한발 물러서라는 신호다. 동업자로서 협동심과 창의성을 발휘할 때다. 형수의 눈동자가 빨갛게 충혈되어 있다. 건강원 문이 부서져라 쾅 닫고는 냉큼 나가버릴 것만 같다.

"형수님, 저번에는 구입 단가가 삼십이었어요. 그런데 이것은 마리당 사십만 원을 주었어요. 더구나 요놈은 중단 없는 사정탕을 만들 귀한 재료여요."

앙칼지게 쏘아붙이던 형수의 눈빛엔 여전히 핏발이 서 있다. 사촌 형은 불퉁거리는 바다뱀에게 넋이 나가 있는 눈치다. 하지만 형수가 쐐기를 박는 말을 내뱉는다.

"얼씨구, 서로 죽이 짝짝 맞네. 저번 아나콘다는 강 건너, 바다 건너, 하늘 건너 온 것 아니야. 경비만 해도 얼마야. 그것은 희소가치나 있지. 불쑤시게탕인지, 중단 없는 사정탕인지, 필요 없어!"

긴장감이 감돈다. 하긴 손님 중에서 제일 까탈을 부리는 위인들이기도 하다. 형수는 주둥이를 빼물고 쌜쭉하여 토라져버린다. 거기서 흥정을 망칠 정희가 아니다.

"시숙님! 어떻게 생각하세요? 방금 제가 잡아 올린 것은 사실, 암컷이었어요. 수컷 힘을 보여드릴게요. 오늘까지 친척이라고 한 푼 안 남기고 사시사철 고생하면서 저렴하게 바다뱀을 달여드렸는데, 인정머리 없이 그러면 안 되지요. 그렇지요? 더구나 겨울에는 바다뱀이 먼바다로 나가는 시기라 구경하기도 힘들어요. 저 같으면 추운 겨울에 고생했는데 오십만 원이 아니라 봉사료라도 주겠네요. 그러면 수컷 힘을 보여드릴게요. 얼마나 힘이 센지 보세요."

정희는 폭포수가 쏟아지듯 청산유수로 잘도 엮어댄다.

"그러니까 마리당 꼭 오십만 원은 받아야겠다, 그 말인가?"

꼴딱꼴딱 침을 삼키던 사촌 형이 눈알을 부라리며 대두를 쏘아본다.

"형이 알아서 줘. 그래도 친척인데 어떻게 매정하게 굴겠어. 서로 섭섭하게 하면 안 되지. 돈이 뭐라고. 꺼져가는 불꽃을 지키는 것이 제일이지. 안 그래?"

정희가 수컷 바다뱀을 들어 올린다. 녀석이 손목을 휘감는다. 피가 통하지 않을 정도다. 엄청난 힘 뭉치가 그대로 한눈에 보인다. 그녀가 바다뱀 대가리를 꼭 틀어쥔다. 그 여파로 기름기가 자르르 흐르는 눈깔 두 개가 불쑥 비어져 나와 흉측한 모양이 된다. 형수는 눈이 찢어져라 도끼눈을 치뜨고 쏘아본다.

"징그러워. 눈깔 좀 치워."

"형님, 걱정 마세요. 원하면 눈깔은 빼고 고아드릴게요. 안 그래, 대두 오빠?"

형수는 그대로 굳어 서서 입술을 질끈 사리문다. 바다뱀을 무슨 장난감 주무르듯이 주물러대는 그녀를 보던 형수는 한참을 기막혀 한다.

"그만해. 상품 다 망가지겠다. 시장에서 짝퉁 가게를 하는 박 사장에게 넘기자. 형수님이 저렇게 싫어하는데 할 수 없지."

"마리당 사십만 원. 친척끼리 그러면 안 되지. 이십만 원만 깎 아."

사촌 형의 눈길이 뜨끈하게 느껴진다. 형수는 의자에 주저앉 으며 그녀를 노려본다. 사촌 형이 그의 바지 주머니에 뭉칫돈을 쑤셔 넣어준다. 정희가 빙그레 아랫입술을 들어 올린다. 그만 하면 횡재다.

"사랑하는 동생아! 오늘 밤에 탕 끓여. 내 마음 알지?"

"걱정하지 마!"

"그런데 바다뱀이 저렇게 시커메. 저런 바다뱀은 처음 보는 데. 아까 뭐라고 했는데."

형수가 눈알을 부라리곤 아랫입술을 비틀어 올린다.

"흑칠 바다뱀. 중단 없는 사정탕이라고 사기 치는 소리 들었 잖아."

대두는 사촌 형님 내외를 배웅한다. 미안한 생각이 든다. 그 래도 할 수 없다. 삶에 차이고 낙담하며 살아왔다. 더러는 거친 바다에 목숨 줄을 걸고 하루하루를 연명해왔다. 부챗살처럼 아득히 펼쳐진 가난은 그 어떤 질병보다도 무서웠다.

그는 바다뱀 대가리에 올가미를 건다. 몸뚱어리가 뒤집어진다. 녀석의 배때기에 칼끝을 박아 넣는다. 어디쯤을 찔러야 쓸개를 피해 가는지 눈대중으로도 알 수 있다. 쓸개가 터지면 낭패다. 수돗물로 바다뱀의 몸뚱어리를 깨끗이 씻어낸다. 나머지 한 놈도 틀어잡는다. 배때기부터 시작해 생식기가 달려 있는 곳까지 일직선으로 딴다. 쓸개와 간의 색깔이 선명하게 보인다. 바다뱀 손질을 끝낸다.

대두는 어둠에 잡아먹히는 바다를 바라본다. 음울한 풍경 같기도 하고, 가늠해볼 수 없는 미래 같기도 하다. 가스 불을 켜고 약탕기에 바다뱀과 약재를 집어넣는다. 내일 새벽이면 노리끼리한 액체로 변할 것이다.

그는 방으로 들어선다. 정희가 피곤한 몰골로 잠들어 있다. 그녀와 동거를 시작한 뒤로 꿈을 가졌다. 게다가 그가 외로울 때나 힘들 땐 항상 위로의 말을 건네준다. 더러는 제 살을 깎아서라도 덴바람을 막아주고 싶어 안달하는 여자다. 대두도 그렇게 해주고 싶다. 소소리바람보다 더 차가운 바닷바람이 불어와도 그녀를 지켜주고 싶다. 피곤에 지친 그녀를 볼 때마다 불쑥불쑥 그런 생각이 든다. 그는 침대가 삐걱거리지 않도록 몸을 동그랗게 말고 잠을 청한다.

6

고개를 삐쭉 내민 뻐꾸기시계가 울음을 터트린다.

대두는 기상나팔 소리라도 들은 군인처럼 일사불란하게 움직인다. 일찍 일어난 정희는 진열대 위에 놓인 건강식품을 물수건으로 닦아내고 있다. 추운 날씨라 발딱그라건강원이나 시장에도 손님이 없기는 마찬가지다. 그녀는 하루에도 몇 번씩 약탕기에 붙어 서서 정성들여 걸레질을 한다. 참 부지런한 여자다.

바다뱀을 달달 달이던 약탕기가 신호를 보낸다. 너무 세지도 약하지도 않게 불을 조절해놓았다. 그는 밤새 달인 중단 없는 사정탕을 팩에 채워 넣고, 바이크를 내몬다. 정희를 뒤에 태우고서다. 사촌 형 집은 경찰서 맞은편에 있다. 그는 주민자치센터를 꺾어 돌아 육중한 철제 대문 앞에 다다른다. 사촌 형이 정원 뜰에 서서 맨손체조를 하고 있다.

"형! 무슨 체조를 하고 그래. 기가 막히게 달여 왔어."

"사랑하는 동생 왔어? 어서 와."

"형! 이것 마시고 효과도 보고, 건강을 계속 유지해야 해. 내가 쭉, 신경 쓸게."

"그래, 좋은 말이다."

사촌 형은 불룩 나온 배를 쑥 내밀고 인사를 받는다. 정희가 박스를 내민다. 냄새를 맡은 똥개 두 마리가 이빨을 드러내고 으르렁거린다. 그중에서 풍채가 늠름한 똥개 매리가 암컷 사이를 비집고 송곳니를 내보인다. 하긴 아무리 똥개라도 대두가 저 승사자인 줄 알고 겁에 질려 아우성치는 건지도 모른다.

"매리야, 쉬!"

사촌 형이 빠듯하게 눈꼬리를 추켜올린다. 똥개들이 잽싸게 줄행랑을 놓는다. 그녀가 대두의 옆구리를 살짝 찌른다. 얼른 뜨자는 신호다. 그들은 사촌 형 집을 빠져나온다. 사실 나이 들어 그것이 좀 말을 듣지 않아서 그렇지, 사촌 형은 어디 하나 모자람이 없는 사람이다. 유일하게 단점 하나가 있긴 하다. 돈 앞에서는 피도 눈물도 없다. 그것만 빼면 좋은 위인이다.

"대두 오빠, 달려."

"그래, 달려보자."

정희가 앙증맞게 눈웃음을 친다. 먹고사는 일에 한 치의 양보도 없는 그녀다. 더구나 욕심 많고 고집 세고 말끝마다 욕을 달고 사는, 그래서 오기로 똘똘 뭉친 여자다. 먹고살자니 독해질 수밖에 없다. 삶이란, 간절함이 뼈에 사무치다 보면 그 자체가 일상이 되어버리곤 한다. 그는 그런 정희가 좋다.

그들은 건강원으로 들어선다. 정희는 콧노래를 흥얼거리며 방으로 걸음 한다. 순간, 화들짝 놀라며 두 손으로 얼굴을 감싼다. 거무죽죽한 얼굴이 발그레 달아오른다. 꼭 사춘기 여고생 같다. 그녀는 몇 번이나 장갑을 만져보고 얼굴에 비벼댄다.

"짝퉁이라서 장갑이 따뜻할지 모르겠어."

"장갑이 너무 고급스러워. 오빠! 고마워!"

"마음에 들어? 앞으로 더 잘할게. 오빠 믿지?"

"그럼. 오빠만 믿고 살지. 그리고 보트도 새로 바꾸자. 알았지?"

"알았고말고."

정희는 프라다 장갑을 만지작거린다. 얼굴에 만족스런 웃음이 흐르고 있다. 대두는 프라다! 하곤 익살을 부리며 엉덩이를 흔들어댄다. 정희도 따라 웃는다. 차지고 광활한 바다에서 삶의 애환을 말없이 보듬고 살아준 그녀가 고맙기도 하다.

그는 정희의 손에 프라다 장갑을 끼워준다. 그녀는 폐부가 알알하도록 입아귀를 일그러뜨린다. 알 수 없는 미래가 짐승처럼 성질머리를 부려도 상관없다는 표정이다. 대두는 진지한 눈빛으로 청혼을 한다. 정희가 가만히 눈을 감는다. 마치 첫 입맞춤을 기다리는 소녀 같다.

두 번째 달

나는 그의 눈빛을 응시한다. 묘하게 일그러진 표정으로 바다를 바라보는 시선은 낯설다. 망설이듯 주춤대는 몸짓이나, 무언가에 놀란 눈빛까지도 말이다. 어쩌면 그는 줄곧 같은 모습이었는지도 모른다. 난 뱃머리를 돌린다. 바람개비가 새된 기계음을 울린다. 불현듯 등골이 서늘해진다. 쉽게 순응할 수 없는 현실에 고민하는 건 따분한 일이다. 어차피 이 세상엔 이성이나 논리로 혹은 경험으로도 이해할 수 없는 일들이 얼마든지 많다.

　첫 번째 보름달, 전어를 몰아붙이기엔 최적의 시간이다. 그는 바람개비에서 기계음이 울린 뒤부터 눈동자를 굴려 좌우를 살피고 있다. 본능적인 행동이다. 난 뱃머리를 연안으로 돌린다. 너울이 하얀 이빨을 드러낸다. 전어의 애달픈 사랑이 시작되는 계절이기도 하다.

나는 조타실에 걸린 동력 전달 버튼을 힘주어 누른다. 곧이어 휘황한 빛이 쏟아지고 갑판 난간이 모습을 드러낸다. 그 주위로 그물이 봉분처럼 쌓여 있다. 그가 여자를 위해 사들인 어망이다. 그는 자신이 외면당하고 있다는 사실을 모르고 있었던 걸까? 알았다고 해도 어쩔 수 없다. 나는 불편한 눈길로 그물을 내려다본다. 버려진 시간의 더께만큼 연한 비늘이 진피처럼 쌓여 있다. 어린아이가 되어버린 그를 보고 울음을 터뜨리던 여자의 모습이 머릿속으로 떠오른다. 아는 듯 모르는 듯 연민을 자아내던 그러한 눈빛과 웃을 때면 윗입술 밖으로 살짝 드러나 보이던 덧니. 여자는 바다 곳곳에 자신의 체취를 허물처럼 벗어놓곤 뭍으로 떠났다. 난 사랑보다 현실이 더 집요하다는 것을 여자를 보면서 깨달았다.

전어가 수면 위로 팔짝 뛰어오른다. 머리통과 지느러미로 보아 최상품이다. 전어 몰이는 달빛의 강약이 중요하다. 첫 번째 보름달엔 좌에서 우로, 전면에서 후면으로, 아주 서서히 후려야 한다. 하지만 나는 초보 어부다.

그는 전어를 잘 후리기로 소문난 어부였다. 첫 번째 보름달엔 뱃머리를 먼바다로 돌리며 허겁지겁 도망치는 척했다. 그때부터 깊고 무른 늪을 만들었다. 그는 속그물이라는 선자망을 사용했다. 그물이 길다 해서 진그물이라고도 불렸다. 진그물은 폭이 넓고 촘촘했다. 한번 걸려들면 빠져나갈 수 없다. 뱃사람들은 반질반질한 전어를 걷어 올리는 그의 그물질에 찬탄을 금치 못했다. 하지만 그는 전어를 잡아 올리지 못한다. 수만 개의 별빛이 내려와 수면 위에 줄지어 뜨고 은빛 이랑이 출렁거리지만, 그는 비린내조차 잊어버렸다.

나는 막막한 심정으로 고개를 돌린다. 연안을 거슬러 올라가며 그물을 풀어야 하는지, 전어 떼를 보고 그물을 던질 것인지 결정하기가 쉽지 않다. 그는 늘 연안을 거슬러 올라가며 그물을 풀었다. 난 왜냐고 물었다. 그가 아랫입술을 들어 올렸다.

"전어는 귀가 밝고 영리해. 딸각거리는 소리가 나거나 물살이 요동치면 몸을 사려. 그래서 놈들을 속이는 거야. 첫 번째 보름달이 뜨기까지는 떡전어만 잡힐 거야. 그럴 땐 진그물이 좋아. 넓게 펴지거든."

난 그의 충고대로 진그물을 사용한다. 조류의 흐름과 관계없이 일정한 간격과 방향을 유지하는 장치가 달려 있기 때문이다. 진그물은 놈들을 정확히 그물 안으로 가두어버린다. 간혹 전갱이 떼가 걸려들면 난감해진다. 연한 살을 가진 놈들 때문에 곤혹스럽다. 너무 빨리 살이 물러지기 때문이다. 금방 물러지는 물고기. 녀석들은 목숨 줄을 이으려고도 하지 않는다. 자결하듯 피를 토하며 죽어가는 모습은 허망하기 그지없다.

그물이 수면 아래로 빨려 들어간다. 연결 틈새가 촘촘하게 이어진 게 꼭 거대한 덫 같다. 그물을 끌고 바닷속으로 들어가는 쇳덩이나 그물을 지키는 부표나 덫이기는 매한가지다. 어차피 전어 떼를 잡는 것은 내가 아니라 그물이다. 그물이 얼마나 위협적으로 전어 떼를 으르는가에 따라 어장이 결정된다.

나는 키를 움켜쥐고 어장을 맴돈다. 엔진 마력을 조금 높일 요량으로 손목을 꺾는다. 부표가 쇳덩이를 따라 포물선을 그린다. 휘리릭, 그물에 매달린 밧줄이 휘파람 소리를 낸다. 그 여파로 진한 바닷길이 그려진다. 고물이 만들어내는 길이다. 순간, 알 수 없는 감정이 울꺽 솟구친다. 고깃배의 속도도 덩달아 느려진다. 묵직한데 느낌이 좋지 않다. 비린내가 너무 강하다. 이럴 때면 대부분 잡어다. 전갱이 새끼들이 수면에서 극성을 부릴 때부터 전어를 기대하진 않았다.

그물을 빠져나간 전어들이 은빛 비늘을 퍼덕거린다. 그 퍼덕거림 때문에 눈이 부시다. 나도 모르게 미간이 찡그러진다. 가장 소중한 무언가를 바다에 빠뜨린 것처럼 허전하다. 하지만 전어에 비해 냉대받는 잡어도 두 발로 걸음 하는 사람보다 나을지도 모른다. 적어도 물고기는 그 냄새만으로도 전어인지 잡어인지 구별이 가능하다.

그는 연애 한 번 제대로 해본 적이 없다. 늦게나마 그에게 사랑하는 여자가 생겼다는 사실이 기뻤다. 그는 하루도 쉬지 않고 전어 배를 몰고 바닷길을 갈랐다. 어장을 나가면 일주일 넘게 소식이 없었다. 뱃일을 마치고 돌아온 그의 통장엔 돈이 가득했다. 게다가 그의 걸쭉한 입담과 부지런함에 집안은 활기가 넘쳤다. 그는 여자의 모습을 지켜보며 손에 피가 나도록 전어를 잡아 올렸다. 여자는 전어 살점을 입에 넣고 달게 꼭꼭 씹었다.

기어코 놈들이 걸려들었다. 그물 거두는 일도 쉽지 않은데 잡어가 한 가득 걸려 있다. 어장 망치는 날이다. 난 그물을 갑판 위로 끌어 올린다. 롤러 돌아가는 소리가 세차다. 전어를 잡기 위해서는 몇 번의 그물질이 필요할 것 같다. 전갱이와 꽁치들이 꼬리를 턱턱 쳐댄다. 탈출하려는 심산이다. 난 잡어를 냉동고로 밀어 넣는다. 얼음에 몸을 부딪힌 잡어들이 힘겹게 꼬리를 들썩거린다.

"고기다, 고기."

그가 중얼거린다. 입 냄새가 역하게 풍겨온다. 백육십 센티미터 남짓한 키에 오십 킬로그램이 안 되어 보이는 야윈 몸, 짧은 머리에 안경을 쓴 사십이 세의 남자는 침울한 표정으로 잡어를 응시하고 있다. 그가 잡어와 전어를 구분할 수 있는지에 대해선 확신할 수 없다. 그저 아련한 비린내만 어렴풋이 느낄 터이다. 난 고기잡이에 회의가 생긴다. 그래도 전어를 잡아 올려야 한다.

매끈한 전어를 얻기 위해서가 아니라 그의 행복을 지켜주기 위해서다. 어디서든 행복하기만 하면 되는 것 아니겠는가. 난 그에게 입술을 일그러뜨리며 웃어준다. 그도 따라 웃는다. 난 문득 그의 머릿속에 바다에 대한 기억이 남아 있는지 궁금해진다.

  그는 만조 사리 때면 고깃배를 몰고 바다로 갔다. 보름 물때엔 수면 위로 달빛이 휘황하게 부서져 내렸다. 그는 전어를 잡기 위해 비좁은 조타실에서 배고픈 토막잠을 청하곤 했다. 물때가 바뀌고 바닷물이 차오르면 어금니를 앙다물고 엔진 마력을 높였다. 뱃머리는 바다에 머리채를 잡힌 듯 이리저리 이물을 주억거렸다. 그는 롤러를 감고 멈추기를 반복했다. 녀석들이 배 밑에서 그물을 감고 맴돌았다. 배가 힘에 부쳤다. 얼마만큼의 힘으로 배 밑을 돌고 있는지, 어느 정도 수심까지 끌려왔는지 팽팽한 밧줄 상태로도 또렷하게 가늠할 수 있었다. 얼마 지나지 않아 전어 떼가 수면 위로 어른거렸다. 회색 지느러미가 바닷물을 물들였다. 장관이었다. 놈들은 그물 안에서도 날치처럼 날렵하게 바닷물을 갈랐다. 그랬다. 이랑이 잔잔하게 물결치고, 파도 끝이 한 가닥씩 곤두서는 날은 만선이었다. 특히 달빛이 부서지는 날에는 그물이 터질 정도로 많이 걸려들었다. 그런 어장 때면, 여자는 그가 잡아 올린 전어를 이 끝에 힘을 모아 씹어

댔다. 전어 뼈 회를 입에 넣고 톡톡 소리를 내며 그에게 그렁한 눈길을 보냈다.

그와 여자가 머물렀던 가을 밤바다의 풍경은 한가로웠다. 갈 곳을 잃은 전갱이 무리가 조류를 따라 쏠려 다니고, 반쯤 몸을 묻은 전어가 숨을 헐떡이며 밀물을 기다렸다. 작은 물고기를 부리에 물고 가던 물새는 사람의 기척에 움칫거렸다. 그의 시시한 농담에도 여자는 아랫입술을 들어 올리며 덧니를 내보였다. 참 정겨운 풍경이었다.

나는 양미간에 주름을 모으고 수면을 살펴본다. 전갱이 한 마리가 세차게 꼬리를 친다.

"썩을 놈의 전갱이. 잡히라는 전어는 잡히지 않고."

"전어?"

그가 단어 한 음절에 반응을 보인다. 바다에 대한 기억이 조금 남아 있는 모양이다. 난 발치에 떨어져 있는 전갱이를 신경질적으로 걷어찬다. 내장이 쏟아져 나온다. 그의 표정이 굳어진다. 나도 모르게 뭉텅한 가래침이 뱉어진다. 갑판에 떨어진 가래침이 몸속에서 터져 나온 농양 같다. 사흘이 넘도록 전어 구경을 못 했다. 전갱이만 극성이다. 그는 터져 나온 전갱이 내장을 응시하고 있다. 그 위로 바람개비가 돌아간다. 스르렁, 바람개비의 힘겨운 반응이다.

나는 마음을 다잡고 물때를 확인한다. 전어 몇 마리가 힘차게 수면 위로 뛰어오른다. 전어는 십 센티부터 삼십 센티가 넘는 놈도 있다. 이십 센티 이상이면 '떡전어'라 부른다. 이 년 정도 자라면 십오 센티가 되는데, 그 크기가 최상품이다. 난 알고 있다. 이 세상에서 가장 순결한 영혼을 가지고 있는 물고기는 전어라는 것을. 결코 초보 어부라 해도 차별하지 않는다. 그렇다고 녀석들이 초보 어부와 이력이 붙은 어부를 모르느냐? 그건 또 아니다. 오히려 더 잘 알았으면 알았지 덜하지 않다. 전어는 세상에 왔다 갔다는 흔적을 남기는 것이 궁극적인 목적이다. 그러면서도 초보 어부에게 못 이기는 척, 몸뚱어리를 내어준다. 세상에 전어 같은 인간들이 존재한다면, 벌써 천년 왕국은 도래했을 것이다.

이랑 사이로 은빛 전어가 파닥거린다. 한눈에 보기에도 준수한 씨알이다. 갑판으로 걷어 올려지기 전까지 격렬히 몸부림을 칠 것이다. 저 녀석들을 잡을 수 있을까? 자신이 없다. 은백색으로 빛나는 몸뚱이와 미끈거리는 표피, 작은 눈과 둥그런 머리통이 떡전어와 별반 차이가 없어 보인다.

전어는 음력 초여드레와 스무사흘, 조류가 가장 약한 조금을 전후해 분주하게 움직인다. 썰물과 밀물을 따라 연안 밖으로 빠져나가기도 하고, 들어오기도 한다. 가끔가다가 꼬리를 치며 물때를 버텨내는 녀석들도 더러 있다. 같은 물때라도 그믐보다 보름사리 물때에 극성을 부린다. 때문에 전어잡이 배들은, 보름사리 때면 정오부터 좋은 '목'을 차지하고 물때를 기다린다. 이번 달에는 보름달이 1일과 30일에 두 번 뜬다. 달이 완전히 차 보름이 됐다가 그믐을 거쳐 다시 차오른다. 이때 뜨는 보름달이 두 번째 달이다. 뱃사람들에게 있어서 두 번째 달은 생계의 수단이자 삶의 미학이다.

"전어다! 전어!"

그의 목소리가 여느 때와 다르게 들린다. 나는 재빠르게 수면을 훑고 그물을 푼다. 푸른 정맥이 도드라진 팔뚝 위로 근육이 불끈거린다. 수면 위로 뛰어오른 은빛 비늘 한끝이 눈을 찌른다. 난 찔끔 눈을 감고 수런거리는 은빛 전어의 소리를 듣는다. 눈물조차 말라버린 그의 동공이 달빛에 번득인다. 달빛에 물든 전어는 형형색색의 모양과 탐스러운 몸통을 내보인다. 녀석들은 휘황한 달빛의 출렁임을 따라 맴을 돈다. 그가 본능적으로 콧구멍 평수를 넓혀 냄새를 맡는다. 비릿한 냄새를 지독히도 사랑하는 위인이다. 어쩌면 이 냄새를 맡는 재미에 바다에 머물렀는지도 모른다.

그는 한때, 꿈을 담아 그물을 끌어 올렸다. 더러는 어금니를 악물기도 했고 더러는 노동요를 서럽게 풀어놓기도 했다. 전어를 잡아 올릴 때마다 격한 감동에 사로잡혀 지문이 문드러진 손바닥을 보여주곤 했다. 흥분해서 벌겋게 얼굴이 달아오른 그의 몸에선 비린내가 감돌았다. 가족을 위해 달달한 꿈을 이루겠다는 맹세도 잊지 않았다.

적막함이 깨어진다. 엔진 소리가 다급해진다. 고깃배들도 너나 할 것 없이 이물을 들어 올린다. 전어가 무리를 지어 휘돈다. 앞선 배가 그물을 친다. 그물에서 빠져나온 고기 떼를 잡기 위해, 또 다른 배가 그물을 내던진다. 순식간이다. 곧이어 고깃배의 고삐 줄이 연결된 부표를 바다로 던진다. 그러곤 전속력으로 고기 떼 앞을 돌아 둥그런 원을 그린다. 그물을 던지는 데 걸리는 시간은 십 분 내외다. 나는 또다시 허탕을 치고 만다.

그가 초점 없는 눈빛으로 바람개비를 응시한다. 어장을 시작하기 직전 그가 수시로 보여주던 행동이다. 난 그의 무의식적인 행동을 볼 때마다 극심한 피로를 느낀다. 온몸의 기력이 심해로 빨려 들어갈 것만 같다. 그가 바람개비와 파도의 출렁거림을 응시하는 이유는 오직 한 가지, 본능 때문이다. 언제일지는 모르지만 조금 남아 있는 기억마저 모두 고갈될 것이다.

난 핏덩이 때부터 보육 시설을 전전했다. 그 이전의 기억은 생각나지 않는다. 그도 그랬다. 나의 삶처럼 평생 나타나지 않을 누군가를 기다리며 살아왔다. 아련한 그리움이었다. 시린 바닷물이 철철 뼈에 사무치도록 몸살을 앓았다. 결국 가슴엔 피멍만 남았다. 유효기간이 끝나버린 썩은 생선처럼 그렇게 생을 견뎌왔다. 그는 물때가 맞지 않으면 보육원으로 봉사 활동을 하러 왔다. 그는 나를 볼 때마다 크고 두툼한 입술을 실룩거렸다. 나도 펑퍼짐한 콧잔등에 실주름을 잡으며 웃었다.

내 어머니는 갯가 여자라고 했다. 남도 끝자락 어딘가에 산다는 어머니의 얘기는 보육원 선생님들의 수닷거리였다. 내가 쉼 없이 상상했던 어머니의 냄새는 비린내뿐이었다. 난 그에게서 비린 냄새를 맡았다.

"형은 어부 맞지요?"

"어부? 그래 맞아. 난 뱃사람이야."

그는 함부로 자라난 수염을 만지며 한동안 날 응시했다. 그러곤 아랫입술을 들어 올렸다. 나도 따라 웃었다. 안면 근육이 당겨지면서 턱의 움직임이 부자연스럽게 느껴졌다. 웃어본 지 너무 오래된 탓이었다.

나는 그의 보살핌 속에 고등학교를 졸업했다. 덕분에 임시직이긴 해도 수산회사에 취직을 할 수 있었다.

그는 여전히 전어잡이를 이어갔다. 휘황한 불을 켜고 항구를 오가는 그의 발길은 분주했다. 참 행복한 시간이었다. 그는 바람결에 실려 오는 비린내를 귀신처럼 포착해냈다.

두 번째 달이 뜨는 물때였다. 그는 바닷가를 배회하던 여자를 데려왔다. 여자는 겁먹은 눈으로 배 안을 두리번거렸다. 검게 뻥 뚫린 여자의 눈은 금방이라도 소용돌이를 일으키며 바다를 빨아들일 것 같았다. 나는 여자의 눈치를 살피며 그에게 물었다.

"어떻게 할 거야?"

"갈 곳이 없대."

그는 대수롭지 않게 말했다. 여자는 그가 밥상을 차릴 때까지 기척이 없었다. 난 조타실을 열어보았다. 여자는 젖은 옷을 입은 채 웅크리고 잠이 들어 있었다. 나는 잠든 여자를 내려다보곤 그에게 물었다.

"저 여자가 좋아?"

그는 수줍게 누런 떡니를 내보였다. 이틀 동안은 꽤 담담했다. 그러나 일주일이 지나서부터는, 밤새 살을 비비며 함께 잠을 잤던 애인처럼 서로 친근하게 굴었다. 여자는 그의 연인이 되었다. 물론 그 말도 모호하다면 모호할 수 있다. 어쨌거나 그는 여자를 사랑했고, 여자 역시 그를 싫어하는 눈치는 아니었다.

그는 가끔 여자에게 선물도 했다. 속옷을 선물하기도 하고, 생일에는 장미꽃을 건네기도 했다. 여자에게 장미꽃은 꽤 신선한 선물이었지만 나에겐 더 의미 깊은 선물이 있었다. 그것은 여자의 유방이 풍만해지고 입덧을 한다는 사실이었다. 조카가 생기다니. 난 곁눈으로 그의 얼굴을 훔쳐보았다. 입꼬리가 부드럽게 휘어져 있었다. 여자도 그와 눈이 마주치면 입꼬리를 들어 올렸다. 힘찬 약동을 알리는 생의 출발을 보는 것 같았다. 그는 다짐했다. 언제나 여자 곁에 있겠노라고. 그 맹세는 먼바다를 향해하는 물결처럼 거침이 없었다.

"바다 생활이 어때?"

"좋아."

여자는 그의 질문에 잇몸이 드러나게 웃었다. 볼우물이 들어가고 눈가에 귀여운 주름이 잡혔다. 그는 과장된 모습으로 여자의 눈치를 살피곤 했다. 여자는 뱃살이 하얗고 겉이 미끈한 전어를 잡는 날엔 들뜬 모습을 숨기지 않았다. 수시로 달콤한 전어 뼈를 우적거렸다. 나는 여자의 눈빛에서 깃발처럼 펄럭이는 삶의 의지를 보았다.

그는 새벽녘에 바다로 갔다. 달빛이 홀로 점령하고 있는 바다는 지나치리만큼 호젓했다. 사방에서 향긋한 비린내가 밀려들었다.

이튿날이었다. 대낮인데도 바다는 괴괴했다. 꼬들꼬들해 뵈는 해초류만 굽실거릴 뿐, 으레 있을 법한 숭어 새끼의 입 뻥긋

거림도 없었다. 난 그 시간에 회사 냉동 창고에서 고기 상자를 꺼내 진열장 안으로 옮기고 있었다. 전어 철이기도 했다. 바지 주머니에 들어 있던 휴대폰이 울렸다. 일손이 바빠 전화를 받지 못했다. 다시 전화벨이 울렸다. 난 전화기를 집어 들었다.

"김정호 씨? 여긴 한국병원입니다. 빨리 오세요. 박성광 씨가 위독합니다."

꾹꾹 눌러 은폐해놓았던 불행이 지옥문을 밀치고 솟구치는 느낌이 들었다. 심장이 밖으로 튀어나올 것처럼 벌떡거렸다. 한달음에 병원으로 달려갔다. 그의 상태는 좋지 않았다. 끝내 뇌 수술을 해야 했다. 여자가 몸을 뒤틀고 손 갈퀴로 가슴을 쥐어 뜯었다.

그는 시간이 지날수록 기억을 지우기 시작했다. 의사와 상담을 했다. 뾰족한 방법이 없다고 했다. 여자가 그의 손을 잡았다. 그는 손을 붙잡고 놓아주지 않았다. 여자의 손을 놓아버리면 영영 심해로 떨어지기라도 하듯 손을 놓지 않으려고 안간힘을 썼다. 여자의 얼굴에 곤혹스러운 표정이 만들어졌다가 사라졌다.

그의 기억은 시간이 지날수록 싹둑싹둑 잘려 나갔다. 나는 그를 안고 짐승처럼 울기도 하고 헛웃음을 치기도 했다. 한 달이 지났다. 담당 의사가 머뭇거리며 말했다.

"지금 상태로는 좋아질 확률이 없습니다. 재수술도 어렵습니다. 수술 도중에 사망할 수도 있고, 설령 수술이 잘되었다고 해도 회복 가능성은 희박합니다."

의사는 공연히 수술을 해서 생명을 단축시킬 필요 있겠느냐며, 퇴원해서 마음의 준비를 하고 기다리는 수밖에 없다고 했다. 난 원무과에서 퇴원 수속을 마쳤다. 휠체어에 앉아 햇볕을 쬐고 있는 환자들, 지팡이를 짚고 복도를 어슬렁거리는 노인들이 눈에 띄었다. 언덕 위에 자리 잡은 병원은 황량하고 쓸쓸했다. 난 그에게 질문을 던졌다.

"형 이름은 뭐야?"

"박성광."

"그래 맞아. 내 이름은 알아?"

"김정호."

"잊어버리지 말고 꼭 기억해."

그는 고개를 끄덕였다. 난 그가 스트레스를 받지 않고 기억을 잘 간직할 수 있도록 수시로 질문을 던졌다. 하지만 여자의 생각은 달랐다. 그도 본능적으로 버림받을 것을 직관적으로 알았는지 열병에 시달렸다. 나는 문득 궁금증이 일었다. 혹시 전어를 잡던 그믐날 밤처럼 길 잃은 여자의 입질을 기다리고 있는 것은 아닐까. 까닭 모를 측은함이 가슴 한구석을 시큰거리게 했다. 여자의 젖가슴은 하루가 다르게 부풀어 올랐다. 게다가 그의 머릿속에 새겨진 기억들이 빠르게 지워지기 시작했다. 여자는 무슨 전조를 느꼈던 것일까? 전어 뱃살을 칼질하는 소리가 그의 가슴에 핏물이라도 낼 것 같았다. 여자의 눈엔 으스스한 기운이 서려 있었다. 갑판 한구석에 쪼그리고 앉아 있던 그가 울상이 되어 중얼거렸다.

"내가 누구인지 모르겠어."

두 번의 뇌수술을 받았지만 여전히 기억을 지우고 있었다. 방법이 없었다. 갑판으로 나온 여자를 바라보던 그가 무표정한 얼굴로 물었다.

"누구세요?"

여자의 얼굴이 하얗게 질렸다. 마지막 희망마저 꺾여버린 절망감, 아니 그것은 어쩌면 새로운 탈출구를 확인한 환희였을지도 몰랐다. 그랬다. 어부가 집중력이 떨어지면 고기들이 먼저 알아냈다. 그것은 놈들의 본능이기도 했다. 그가 "누구세요?" 하고 다시 물었다. 여자는 금방이라도 울어버릴 것 같은 표정으로 어금니를 악물었다. 여자는 "누구세요?"라는 말을 듣곤 자취를 감추어버렸다. 난 사람에 대한 낭만적 믿음이 실수였음을 깨달았다. 그의 몸에서도 퇴락한 가을 낙엽 냄새가 났다. 난 출근 준비를 했다. 그는 거동이 불편한 몸으로 내 손을 붙잡고 따라 나왔다.

"정호야, 조심히 다녀와. 형은 오후에 어장을 나가야겠다. 물때가 너무 좋아."

어처구니없게도 그의 기억은 엉뚱한 방향으로 흘러갔다. 늘 제멋대로 기억해내거나 지우기를 반복했다. 더러는 무심한 손길로 그물을 더듬다 말고 슬리퍼를 전어로 착각하곤 했다.

"들어가. 퇴근하면 곧바로 집으로 올게."

나는 그를 안아주었다. 그가 슬그머니 아랫입술을 들어 올렸다. 나도 모르게 자꾸만 동공에서 물기가 배어 나왔다. 그렇다고 직장을 그만두고 그를 돌볼 수도 없는 노릇이었다.

그는 점차 몸에 붙은 관성에 따라 행동했다. 포구에 매인 배를 몰고 무작정 바다를 내달렸다. 그때마다 해경 경비정이 그를 붙잡아 왔다. 그를 정신병원에 입원시키라고 권유한 사람도 있었다. 결국 회사를 그만두고 그와 함께 배를 탔다. 나의 첫 직장 생활은 실로 짧게 끝났다.

멀리서 물새 우는 소리가 적막을 깬다. 수면 위로 물안개가 피어오르고 있다. 가을이 깊을수록 해감내도 진해진다. 선상 생활 중 가장 멋진 때가 이맘때다. 나와 그는 벌써 일 년을 바다 위에서 살아가고 있다. 난 엔진 마력을 높인다.

"야! 신난다. 더 빨리 달려."

그가 어린아이처럼 펄쩍 뛴다. 나는 밀려오는 이랑 쪽으로 뱃머리를 돌린다. 난 언젠가 그에게 물었다.

"전어는 왜 찬 바람이 일어야 연안으로 오는 거야?"

"산란기 때문이지. 그땐 몸을 사리지 않아. 세상에 자신의 흔적을 남기고 가는 일이니까. 수온이 내려가야 알이 튼실해지거든."

그는 손아귀에 잡힌 전어의 배를 가르며 또박또박 말했다. 전어는 바보스러울 만큼 착하게 살아온 그가 유일하게 제압할 수 있는 상대였다. 아무리 성질 사나운 놈도 그의 그물에 걸리면 하얀 뱃살을 드러냈다.

먼바다에 떠 있던 전어 배가 꽃등을 밝힌다. 밀물이라 엔진 마력을 높여도 고물에 썰리는 이랑이 연신 널뛰기라도 하듯 뒤뚱거린다. 세찬 물결이 이물과 고물을 핥고 지나간다. 문득 바람결에 여자의 울음소리가 들리는 듯싶다. 난 이때껏 가슴속에서 부글부글 끓고 있던 지독한 연민을 억누른다. 여자를 생각할 때마다 심연 속으로 가라앉는 것 같다.

휴대전화로 걸려 온 전화 한 통이 작별 인사의 전부였다. 그것으로 끝이었다. 여자가 떠난 후, 그는 일주일이 넘도록 사십 도가 넘는 고열에 시달렸다. 그는 자신이 무엇을 찾는지도 모르면서 배 안을 뒤지며 허둥거렸다.

"와! 전어다."

그가 갑판 위를 껑충껑충 뛰어다닌다. 난 신경을 곤두세우고 전어 떼의 이동 경로를 따라 그물을 푼다. 그물에 부딪친 파도가 찰랑찰랑 비린내를 불어 올린다. 전어가 내뿜는 비린내가 여자의 젖가슴에서 맡아지던 냄새 같다. 진그물이 움푹 들어간 이랑 사이로 파고든다. 나는 오른발로 키를 고정한다. 그물이 전어 떼를 스칠 때마다 진한 비린내가 스멀스멀 퍼진다.

"흐흐, 전어다! 전어!"

그가 소리친다. 난 고개를 돌려 그를 바라본다. 입가에서 말간 침이 흐르고 있다.

"어! 그런데 뭔가 허전하다."

난 심한 갈증이 몰려든다. 목구멍이 타들어 가는 것 같다.

"이상하다! 왜 눈물이 나지? 가슴도 먹먹해!"

그의 목소리가 커진다. 나는 전진 기어를 넣고 엔진 마력을 최대로 올린다. 전어 떼가 힘겹게 꼬리를 흔든다. 뱃머리를 좌현으로 돌린다. 속그물이 전어 떼를 집어삼키기 시작한다. 놀란 전어 떼가 무리를 크게 만든다. 그물이 전어를 칭칭 감는다. 어떤 놈은 경련을 일으키듯 지느러미를 파르르 떨어댄다.

"와! 저것 봐라."

그가 손뼉을 치며 응원한다. 아이가 되어버린 그를 정신병원으로 보내는 일은 너무 매정스러운 일이다.

'수술이 잘된다 하더라도 정상인으로 살기는 힘들 겁니다. 여기가 깨진 두개골 부분입니다. 대뇌 조직이 손상되었다고 추측됩니다.'

의사는 그의 상태를 말해주곤 입을 닫았다. 수술을 마치고 그가 눈을 떴을 땐, 아침의 창백한 햇살만이 병실을 비추고 있었다. 나는 꼼짝 않고 누워 있는 그의 눈을 들여다봤다. 그도 병실을 두리번거렸다. 불과 삼 초도 되지 않는 찰나의 순간, 여자와 난 서로 눈치만 보았다. 그 정적의 순간 내 몸엔 소름 끼칠 만큼 싸늘한 땀방울이 등줄기를 타고 흘러내렸다. 그 모든 풍경들이 마치 흑백필름처럼 아주 느리게 진행되는 것 같았다.

"여기가 어디예요? 댁들은 누구세요?"

여자가 비명을 지르며 울음을 터뜨렸다. 그의 기억이 끊어진 순간이었다. 여자는 술에 취해 밤 열두 시가 넘어 들어오기도 했고, 때로는 그의 손이 닿으면 진저리를 치며 등을 돌렸다. 지금껏 지켜온 그의 삶이, 팽팽하게 조여 있던 줄이 툭, 하고 끊어져버릴 징조였다.

휴대전화가 울렸다. 전화를 건 사람은 정신병원 원무과 직원이었다. 나는 직원이 무어라 설명하기도 전에 휴대전화를 끊어버렸다. 순간, 머리가 멍해지고 가슴이 울렁거렸다.

'정호야, 공부만 열심히 해. 형이 뒷바라질 해줄게. 형만 믿어.'

그 순간, 세상의 단맛만 보여주겠다던 그의 말이 떠올랐다. 굵은 밧줄에 온몸이 칭칭 동여매어 지는 것 같았다. 나는 휴대전화에 찍혀 있는 정신병원 전화번호를 지웠다.

갑판으로 그물이 쌓인다. 밀려온 바닷물의 찰싹거림이 안개를 뚫고, 어슴푸레하게 전어 몸부림치는 소리가 들려온다. 그물에는 은빛 비늘들이 들어차 있다. 수면엔 안개비가 스멀스멀 퍼지고 있다. 안개비에 젖은 바다는 스산하다. 푸른 해송에 맺히는 안개비가 새뜻하다면, 바다에서 맞이하는 풍경은 외롭고 쓸쓸하다. 철 지난 포구의 한산함, 육중한 몸집에 비해 텅 빈 고깃배, 낯선 뱃길의 두려움까지 적요 속으로 가라앉는 계절이다.

나는 그간 잊고 살았던 비린내를 추억해본다. 새벽안개에 실려 오던 진한 소금기, 조타실 유리창을 두드리던 빗방울 소리에 잠 못 이루던 시간들. 난 그의 눈물 송이 같은 비린내를 맡으며 살아왔다. 눈을 감으면 그려질 듯 찐득찐득한 삶이기도 했다. 나도 모르게 눈이 감긴다. 갑판은 은백색으로 뒤덮여 있다. 그의 눈빛도 은빛 속에 잠기어 있다. 말이 필요 없는지도 모른다. 그렇게 마주 선 채 서로의 눈망울을 멀거니 건너다보는 것만으로 가슴속에 맺혀 있던 답답증이 녹는다.

그는 갑판에 몸을 웅크린 채, 전어를 떼어낸다. 그의 볼과 귓바퀴에 돋은 잔털과 머리칼이 전어 비늘에 물들어 하얗게 빛난다. 나는 비린내를 듬뿍 품은 그의 얼굴을 건너다본다. 목줄이 많이 가늘어져 있다. 그나마 눈두덩에 푸른 기운이 돌고, 눈꼬리엔 실 같은 가는 주름이 생겨나 있다.

그가 전어 한 마리를 입속에 넣는다. 톡톡 소리를 내며 전어 몸뚱이가 사라진다.

"맛있다. 너무 맛나."

나는 씨알이 굵은 전어를 골라 칼질을 한다. 칼끝에 뭔가가 걸려 칼날의 진행을 가로막는다. 손가락으로 속을 헤친다. 굵은 낚싯바늘 한 개가 배 속에 박혀 있다. 난 칼날로 내장과 낚싯바늘을 빼낸다. 붉은 핏물에 물든 내장 조각들이 딸려 나온다. 전어는 세로로 길쭉길쭉하게 썰어야 좋다. 그래야 살집이 부드럽게 혀에 감긴다. 난 전어 요리를 접시에 담는다.

"형이 좋아하는 전어야. 내가 매일 전어를 잡아줄게."

그가 어린아이처럼 고개를 주억거린다. 수평선엔 전등을 내건 고깃배들이 다닥다닥 눌어붙어 있다. 난 머릿속으로 여자 얼굴을 떠올려 본다.

하얀 눈으로 빚어 만든 것 같은 여자의 젖가슴엔 더운 김이 올라 있었다. 난 더운 젖을 짜내던 여자를 보면서 그렇게 우는 까닭을 읽어냈다. 문득 밤안개에 덮인 바다를 향해 몸을 던질 것만 같았다. 그런 여자를 볼 때마다 아프게 조이는 가슴을 어떻게 주체할 수가 없었다. 여자는 형이 "누구세요?"라고 질문을 던진 그 순간 웃음을 잃어버렸다.

나는 손질한 전어를 석쇠 위에 올려놓고 술잔을 채운다. 전어 냄새에 취한 그가 내 곁으로 다가와 쪼그리고 앉는다.

"전어를 잘 먹는 사람이 있었는데? 분명 있었는데!"

그의 미간에 주름이 생긴다. 무엇인가 떠올려 보려는 힘겨운 몸짓이다. 어쩌면 머릿속에 남아 있는 마지막 기억일지도 모른다. 나는 노릇하게 익은 전어 한 마리를 집어 든다. 그가 입을 크게 벌리고 전어를 받아먹는다. 부풀어 올랐던 여자의 젖가슴에 대한 기억을 씹어 삼키려는 듯, 아귀에 힘을 모으고 턱을 움직인다. 난 그가 평생 돌아오지 않을 누군가를 기다리게 될까 봐 안쓰럽다. 전어는 시월이면 끝물이다. 밤새 끊이질 않던 노랫소리도 그칠 것이다.

휴대전화가 자지러진다. 일곱 번, 여덟 번, 열 번……. 숨 막히게 울린다. 정신병원 원무과 직원이다. 상대방이 뭐라고 말을 잇기도 전에 휴대전화를 꺼버린다. 설사 병원 직원이 설득을 한다 해도, 최후의 거부권은 나에게 있다. 비린내가 진해진다.

형이 갑판 위에서 껑충껑충 뛰며 춤을 추기 시작한다. 그의 몸과 마음은 가볍고 파삭하다. 그래도 난, 두 번째 달을 기다릴 것이다.